退職老人

柳 哲雄

創風社出版

退職老人日記

目次

二〇一九年十〜十二月

二〇二〇年一〜三月

二〇一九年　四～六月

退職

二〇一九年三月三十一日、神戸での仕事を終えてアパートを引き払い、二十二年ぶりに松山の自宅に帰ってきた。そして、四月一日からは〝毎日が日曜日〟の年金暮らしが始まった。

一九七四年、二十五歳で京都大学大学院理学研究科地球物理学選考修士課程を修了し、運よく、その年に新設された愛媛大学工学部海洋工学科の助手に採用された。以後、講師・助教授・教授と昇任し、一九九八年に四十九歳で、九州大学応用力学研究所教授に転任となり、福岡に単身赴任した。

二〇一三年三月、六十四歳で九州大学を定年退職したが、その後一年間、九州大学特任教授として環境省に通い、環境省特別研究プロジェクトの立ち上げに奔走した。その結果、二〇一四〜二〇一八年度環境省戦略研究S-13「持続可能な沿岸海域実現を目指した沿岸海域管理手法の開発」の実施が決まり、二〇一四年四月、S-13プロジェクトの研究代表者を務めるため、(公益財団法人) 国際EMECSセンターの特別研究員として神戸に単身赴任した。以後五年間、神戸で単身赴任を続け、S-13戦略研究を進め、報告書をまとめあげ、今回、晴れてお役御免となった。

一九七四年以来、三十五年間、海洋研究者として毎月の給料をもらえるという幸せな暮らしが全うできたことに、感謝あるのみである。

しかし、これから何を目標に、毎日何をして過ごすか？　はたと困っている。

散歩と読書

四月から毎日決まってやらなければいけないことがなくなったので、毎日何をして、どう過ごすかということが、当面の課題となった。そこで、考えたのが、（一）規則正しい暮らしをする、（二）読書をする、（三）散歩をする、ことである。

毎朝六時三十分に起床。高血圧と不整脈の薬を飲む。茶碗一杯の雑炊が朝飯。朝のニュースとＮＨＫの連続ドラマを見て、八時十五分から二階の自室で、まずメールチェック。その後、やり残した仕事（研究）をして、朝の読書を十時まで。それから朝の散歩。松山市内は各地に公園がよく整備されていて、散歩で疲れると公園の木陰のベンチで一休み。ほとんどの公園では、時計が整備されているので、散歩の時間調整が可能である。十一時頃までには自宅の近所のスーパーに戻ってきて、昼食に必要な食材を買う。単身赴任時代からの習慣で、昼食は親子丼か他人丼を作る。単身赴任時代、知り合いの漁師から中元・歳暮でもらった干しエビを使って作った一週間分の出汁を冷蔵庫で保存していた。その出汁を使い切るため、昼食はアパートに帰って、出汁を十分使った丼を作り、毎日食べていたのだ。アパートの小さいベランダのプランターでレタス・パセリ・トマトなどを栽培していたので、それらが出来ていたら、それも少し料理に加えていた。

四月に松山に帰ってからもすぐ、小さな庭でプランター農園を始めたので、これから各季節でどのような野菜が収穫できるか、楽しみである。

コップ一杯の芋焼酎をロックで飲み、昼のニュースを見ながら昼食をすませ、十二時三十分～十二時四十五分は民放の連続ドラマを見る。十二時四十五～午後一時は昼寝。一時から一時間程度、頼まれている原稿などをパソコンを使って書く。二時～三時は午後の読書。三時～三時十五分はラジオ体操。その後、五時までは午後の散歩。五時から風呂に入って、六時前から、晩酌しながら夕食。その後、テレビ見て、九時就眠、という健康的で規則正しい暮らしを、基本的には、毎日続けている。

散歩をしていると、午前・午後にやっていた仕事で忘れていた事、読書で気づかなかった事など、いくつか思いつくので、胸のポケットにはペンとメモが常に入れてある。またデジカメ、タオル、水筒もナップサックにいれておく。さらに、散歩コースは日・午前・午後で変える。知らない通りを歩いていると、各家の庭の草花・街路樹・道端の野草などに驚かされ、新たな発見をすることが多いからである。

午前中の散歩では、所々の公園で、ゲートボールをやっている十人程度、男女ほぼ同数の老人グループを見かけることがある。ゲートボールは一九四七年日本で考案されたボールゲームで、高度成長期の日本で爆発的に流行した。私の父親も退職後、老人会の世話をしながら、毎日、午前中はゲートボールのスティックを持って出かけていた。ゲームの勝敗に熱が入りすぎ、老人同士の殺人事件になったこともあり、新聞で報道された記憶がある。

しかし、その後、流行は下火となり、単身赴任していた福岡や神戸では、ほとんど見かけた記憶がない。松山で久々にゲートボールを楽しむ老人グループを見たが、公園のベンチに座って眺めていると、昔見ていたゲートボールとは異なるようだ。公園内に四つのコースが設定されているが、それぞれのコースで十名弱の老人が順番にボールを打って、目的のゴールポスト内にボールが収まることを目指している。どこにもゲートがない。大体、三打程度で収まるようだが、これではゴルフと同じで、〝ゴールボール〟である。参加者が交代で記録係をつとめ、すべての打数を総計し、少ない打数の人が一位になるらしい。この方が団体競技のゲートボールより、気楽な個人競技として楽しめるということなのかもしれない。ゲートボールは廃れてしまったのかと気になったので帰って調べてみたら、昔の団体競技としてのゲートボールは今でもやられていて、全国大会も世界大会も行われているとのことだった。

後日、酒を飲みながら、松山在住の友人にこの話をしたら、〝それはグランドゴルフと言って、ゲートボールとは違うルールを持つ違う競技で、今や、どこでもやっている〟とのことだった。

また、散歩をしていて驚いたのは、別の公園でペタンクをやっていることだ。ペタンクは一九一〇年フランスで考案されたボールゲームで、七～八メートル先の目標白球に向け、三人一組のチームが交互にそれぞれ赤・青の球を、順番に投げ最終段階で、目標の玉に近い位置の球の順に与えられる総得点の高いチームが勝ちとなる。自分のチームの形勢が不利だと思ったら、投げた球を目標の白球に直接当て、目標の白球の位置をずらすことも可能だ。

野外のペタンクのゲームを直接見たのは初めてだった。三十〜六十代の男女が四グループ、公園に二面の競技場を設けて、盛んに球を投げあっている。松山のどこかでチーム同士の競技会でもあるのだろうか？

山笑う

松山の自宅の東西には小高い丘があり、四月になると、若葉が繁り、緑が燃えてきて、それこそ季語の〝山笑う〟状況となる。

西の丘の麓の神社には、樹齢三百年と四百年の大きなクスノキが繁っていて、四月には新緑が最も映える。そして、蒸せるような強いクスの匂いも漂ってくる。このクスノキは近所のランドマークにもなっている。散歩していて、路地に迷い込み、どこに居るかわからなくなっても、少し家並みをはずれて見上げると、クスノキが見え、帰る方向の検討がつく。

昔、愛媛大学に勤務していた頃、自分の研究室は五階にあった。南に面したガラス窓の向こうには城山が全面に広がっていて、四〜五月は新緑が燃えるようだった。仕事に疲れると、机に脚を上げ、よく、ぼんやり城山を眺めていた。

退職の本

退職して、まず気になったのは、〝他の人は一体どのような心持で、退職後の毎日を過ごしているのだろうか？〟ということだった。そこで松山市立図書館に行って、「退職」関連の本を読んでみることにした。

最初に読んだのは、源氏鶏太の『停年退職』だ。中学生の頃、彼のサラリーマン小説が好きで、よく読んでいたからで、松山市立図書館の棚でこの本を見つけ、約六十年ぶりに彼の本を読んだ。しかし、この本の内容は、停年退職を控えた主人公の再就職先探しの話で、今の自分の主な興味とはずれていた。

ちなみに、昔は〝停年〟という漢字を使っていたが、今は〝定年〟が普通である。NHKも定年に統一しているとのこと。〝停年〟はすべての仕事が〝停止〟する感じがするが、退職は仕事を退く年が〝定められている〟だけだということで、〝定年〟が現代人の感覚に合っているからだろう。

次に読んだのは、城山三郎の『毎日が日曜日』である。一九七一年に出版されて、すぐベストセラーになったのは、当時知っていた。しかし、その頃高校生だった私は、定年・退職なんて自分とは全く関係ないことだと思っていて、読む気はしなかった。この四月、実際に退職するまで、自分が退職後どうしようかなどと考えたこともなかった。

『毎日が日曜日』は東京の巨大総合商社に勤める四十代後半のサラリーマン、沖、が主人公で、東京駅での、彼の京都支店長栄転（?）見送り風景から話が始まる。しかし、実際の話の主人公は、沖のかつての上司で、九年先輩の笹上である。沖の仲人をして、沖の息子の名付け親にもなった人物である。この総合商社は定年が五七歳で、笹上はあと二〇日で定年をむかえる。この笹上がよく書けている。

笹上は、現役時代はいつも「ウー」としか言わない決断力不足の欠陥サラリーマンで、周囲から「ウーさん」と馬鹿にされていた。しかし、辞める二〇年前から定年のことを考え、わずかの額の投資を繰り返して、小さな飲み屋四軒の家主となり、定年後の収入を確保していた。〝健康に長生きして、会社で自分を馬鹿にした奴らを見返すことを生きがいに、定年後を生き抜く〟ことを決意している。

ただ、浮気した妻はすでに去り、息子は獣医となって自らの家庭を持つアメリカに住み、娘は笹上の赴任先だったバンコクで仕事を続けていて、笹上は趣味の動物ミニチュアが溢れるワンルームマンションで一人暮らしをしている。

定年後は〝好きな時に好きなことをし、食べたいものを食べ、眠たい時に寝る〟をモットーに、週一度の河川敷ゴルフに出かけ、天気が良い日には地下鉄に乗っての東京散歩や上野動物園行きを楽しんでいた。

しかし、笹上はそのような暮らしに、定年後半年で飽き、〝今日は一日どう過ごすか？〟と悩むようになる。人材銀行に行き、登録カードを埋めようとするが、係員に〝もっと売り込み点をきちんと書かないとダメ〟と言われ、積極的に金を稼ぐ意思のない笹上はカードを破いてしまう。

　そんな折、沖の息子がオートバイ事故を起こし、片足を切断する手術を受ける。京都に居て、たびたびは病院に行けない沖に代わって、暇な笹上は毎日のように病室を訪れ、自分が名付け親となった息子の話し相手となる。雑用も引き受け、人に役立つことのうれしさ、毎日の予定を考えないですむ楽な生き方、に目覚める。

　その頃、突然京都支店が閉鎖され、東京に戻された沖は遊軍扱いとなり、運送中に腐った輸入穀物の処理やその後の腐敗ゴミ処理などを任され、悪戦苦闘し、苦し紛れに笹上に援軍を頼む。人々との関わり・人の役に立つことに生きがいを感じ始めていた笹上は沖の申し出を受けて、ゴミ処理に奮闘する。

　この小説の主題は、〝笹上の定年後の暮らし〟ではなく、あくまで、〝総合商社の苛烈な仕事・出世競争に翻弄される沖〟だが、脇役の定年後の笹上の生き方・感じ方がおもしろく、大いに勉強になった。

　ちなみに、表題の「毎日が日曜日」という言葉は、沖の皮肉屋の同僚が、暇な京都支店への転勤を揶揄して、東京駅での送別会で沖に言った言葉で、退職と直接は関係ない。

　この他、定年に関する新書なども読んでみたが、ピンとくる本はなかった。

同窓会

二〇一九年五月末、松山で、愛媛大学工学部海洋工学科昭和五十二年度入学生の同窓会が開かれ、松山市内の繁華街にある中華料理店に卒業生九名、旧教員四名、現職員一名が集まった。

昭和五十二年度入学生は海洋工学科第四期生にあたり、現役生の場合、今年は六十一歳になっている。私が二十五歳で愛媛大学に就職した年に、第一期生が入学してきたので、私が二十八歳の時入学した第四期現役生は当時十九歳で、私とは九歳差となる。

海洋工学科は五講座構成で、一講座に教員三名・学生十名が配属されたので、全員で教員定員十五名・学生定員五十名だった。ほぼ二割の卒業生と教員が同窓会に参加したことになる。参加学生九名の現住所はいずれも東京か大阪で、海洋工学科卒の学生の就職先が愛媛県にはないことを、改めて痛感させられた。

九名の卒業生の内、三名は私が卒論の面倒を見た直接の教え子で、彼らの元気な近況を聞くことは楽しかった。また、このうち一人は私達夫婦が仲人をした教え子で、彼の息子二人は共に、父親の建設業には興味を示さず、二人そろって化学系に興味を持ち、ともに大学院に学び、今は修了して、別々の材料開発の会社で技術者として頑張っているそうだ。嫁さんも元気、とのことで、このような教え子の近況を聞くことはうれしかった。

卒業生の主な就職先はゼネコン・海洋コンサルタント・公務員などだったが、同窓会に参加した卒業生は、三名が社長となり、三名が役員となり、三名が六十歳以降も現役の職を継続していて、私のような完全退職者はいなかった。

同窓会へ参加してくる卒業生は、ある意味では成功者で、全く仕事をなくし、引退した卒業生は同窓会へ出たいという意欲が沸かないのかもしれない。

小川洋子の小説『猫を抱いて象と泳ぐ』の中に、〝楽しい思い出にひたって余生を過ごす〟というセリフがあるが、私もこのような卒業生との楽しい思い出を大切にして、余生を過ごしたい。

ゼミ

五月末、愛媛大学理学部から「客員教授に任ずる」という辞令が自宅に郵送されてきた。その下に「無給とする」という但し書きもつけてある。

話は三月中旬に遡る。X君とM君は二人とも私の教え子だが、現在、そろって愛媛大学教授である。

X君は中国政府選抜の日本文科省費用負担留学生である。一九九三年十月に、「沿岸海洋過程の研究」をするために、私の研究室にやってきて、半年間、研究生として在籍し、一九九四年四月から博士課程の学生となった。非常に優秀で、博士課程の最初の二年間で彼の博士論文となった「東京湾の残差流の季節変動」に関する英文論文を二つ書き上げ、学術雑誌に印刷された。そこで、残りの一年間は東シナ海の低次生態系に関する数値モデルを開発して、将来の研究のため、いろいろな予備研究を行った。一九九七年に学術博士の学位を得たが、中国にはまだ帰りたくないということで、東大大気海洋研究所・地球フロンテイアなどのポスドク（博士研究員）を務めながら、論文を量産した。一九九九年十一月に愛媛大学沿岸環境研究センターの助教授公募に応募して、採用され、その後、二〇一四年に教授となった。

M君は海洋工学科の一七期生で、私の研究室で修士論文を書き、一九九七年に環境コンサルタントに就職した。しかし、一年後に私の研究室の教務職員ポストが空席となったので、彼を呼び戻すことになった。私は会社に出向いて彼の上司に頭を下げ、引き取らせてもらった。その後、教務職員の仕事をこなしながら、「日本海の表層循環の季節変動」という学位論文を作成し、私が一九九八年に九州大学に転勤となったので、二〇〇〇年に九州大学で理学博士号を取得した。その後、二〇〇一年には下関にある水産大学校の助手となり、二〇〇三年には名古屋大学水圏科学研究所の助教授となり、二〇一五年に愛媛大学理学部教授になった。

二人とも環境省S‐13プロジェクトの研究分担者になってもらっていたので、二〇一九年三月中旬神戸で行ったS‐13総括研究集会に参加していた。集会後の懇親会で、M君が「先生、四月からどうされるんですか?」と聞くから、「松山に帰って、悠遊自適だ」と答えたら、「それなら、私とXさんの研究室の合同ゼミを毎週やっているので、出てもらえませんか」とのことで、「喜んで」と答えた。そこで、X君に世話してもらって、愛媛大学理学部客員教授選考のための書類をそろえ、五月の理学部教授会にかけてもらった。そして二〇一九年六月一日付けで客員教授に認められたという運びである。

そこで、六月の一週目から、毎週火曜日十時〜十二時、愛媛大学に出かけていって、ゼミに参加することとなった。毎週一〜二名の卒論・修論・D論の途中経過報告、学会前には彼らの発表練習を聞き、詳しく質問する時間は、久々に脳細胞が活性化し、良い刺激となった。さらにX君の研究室には中国からの修士課程・博士課程の留学生が数人来て居て、彼らの発表や質疑応答は英語で行うので、英語の思い出しにも適している。

また時々は、M君やX君の発表もあり、久々に彼らを質問攻めにするのは楽しい。しかし、彼らも無駄に年を取ってはいないので、〝ああ言えば、こう言う〟、きちんと私の指摘に反論し、言うべきところは言って、さすがである。

研究者に最も大切な能力のひとつは論理力である。ある人に論理力がどの程度あるかは、議論してみればすぐわかる。ひとつの答えと次の答えが論理的につながっていない人が時々いるが、論理力の低い人である。論理力の高い人は、ひとつひとつの主張も論理的につながっているし、主張全体の論理も整合性がとれていて、議論した後、気持ちが非常にすっきりする。二人の教え子の成長した姿を見ていると、非常にうれしい気持ちになった。

大連の古代蓮

六月中旬、午前中いつもの通り、気の向くままの散歩をしていたら、松山考古館の下に出た。暑いし、少し疲れていたので、館内で涼もうと玄関まで上がったら、玄関の前の蓮の花が桃色に見事に咲いている。こういう驚きがあるので、気ままな散歩は止められない。

受付の人に聞くと、この蓮は中国大連市から出土した約一〇〇〇年前の種子から発芽させたものだそうだ。一九九七年、中国大連市観光訪問団が松山市を表敬訪問した際に、種子が松山市に贈呈されたので、それを発芽させて以来、大事に育ててきたということである。

毎年六月初旬、水面につぼみを出して、その二〜三週間後に、花が水面高く成長し、開花するとのことで、二〇一九年は六月中旬に開花の運びとなった。午前中九時〜十一時の間しか開花せず、午後は花を閉じ、翌日また午前中に開花するが、開花三日目の午後に花弁は散ってしまうとのことで、なんとはかない花の命か。花弁の色は一日目が最も濃い桃色で、二〜三日目と次第に薄くなり、やがてピンク色となって散るそうである。

古代蓮と言えば、日本では大賀蓮が有名である。大賀蓮は一九五一年、千葉県の東京大学検見川農場で、二〇〇〇年以上前の地層から発見され、植物学者の大賀一郎博士が苦労して発芽・育成に成功し、一九五二年七月にピンク色の大輪の花を咲かせた。農場跡の千葉公園や大賀博

松山市考古館にある大連の古代蓮

土の自宅近くにある府中市郷土の森公園で育てられ、現在では全国各地に株分けされている。

蓮と似た花に睡蓮がある。モネの睡蓮が有名だが、彼の絵では、睡蓮の花は水面に咲いていて、松山考古館の古代蓮や大賀蓮などとは咲き方が異なる。四国・高知県の北川村にはモネの住んだ北フランス・ジヴェルニーの庭を模した、〝モネの庭〟という観光施設があり、毎年六月には池面に青い睡蓮が咲く。この睡蓮は水面に葉と花を開き、午後に咲くが、水上に葉と花を開く蓮とは種が異なる。ちなみに、蓮の葉には切れ込みがなく円形だが、睡蓮の葉には切れ込みがあり完全な円形ではない。

さらに、蓮と言えば、四国では、鳴門の河口湿地帯の蓮根《れんこん》畑が有名だ。鳴門の蓮根の花は古代蓮と同様水面上に咲くが、古代蓮と異なり、根茎が食用に大きくなるよう品種改良されている。明治以降に中国から入ってきたとのことである。ちなみに、古代蓮の根茎は小さく・細くて食用には適さないそうだ。

大連は中国の渤海湾と黄海に面した、人口約六〇〇万人の港湾都市で、清岡卓行の『アカシアの大連』でも知られる日本人街が残っている。市の中心部から南西約二〇キロメートルには、軍港として有名な旅順がある。旅順港を見下ろす二〇三高地（海抜二〇三メートル）は、日露戦争の命運を分けた激戦が、一九〇四年に行われた地として名高い。私も仕事で二回ほど大連水産学院を訪問し、中国人の教え子に連れられて二〇三高地を訪れ、深い印象を受けた。

大連の古代蓮は、二〇三高地で死んだ約一二〇〇名の日本兵を含む多数の死者の墓碑かもしれない。

早苗

六月中旬、松山中心部近郊の田圃ではほぼ田植えが終了し、一面の早苗田が広がった。

散歩しながら見ていると、まず、各地域毎に順に、乾いた田圃に水が張られていく。乾いた土に水が広がっていく先端では、溺れたミミズが地面に出てくる。それを食べに大勢のカラスが田圃にやってきて、ミミズをつつく。〝カラスは本当に雑食だな〟

と感心してしまう。

水を張っていく順番は水利組合単位で決められているようである。水が張られた田圃は周囲の風景を一変する。それまでは乾いた茶色の地面が広がっていたのに、水面に映る青い空と白い入道雲、という広々とした風景となる。そして代掻きが行われる。

昔は、早く水を引いた水田の一部で稲の苗を育てていて、大きくなった苗を分けて、個別の水田の田植えに用いていた。しかし、散歩していても、どこにもそのような苗田は見あたらない。田植えの日にはトラックで、高さ十センチ弱の稲の苗がびっしり育った約三十×六十センチのプラスチック枠の箱を運んできて、それぞれの水田に配っている。今は手植えがなくなり、ほとんどが、トラクターを用いた機械植えなので、機械に合うよう、どこかでまとめてこのような稲の苗を育てているのだろう。

また、松山市郊外では、早稲が植えられ、すでに青々と苗が育っている水田もあれば、晩稲が植えられ、まだ苗を植えたばかりの水田もあって、まばらな景観になっている。一方、市内中心部近くの水田では一斉に田植えが行われ、一面、青い苗田となる。これも農協の指導か何かがあって、同じ地域では同じ品種が植えられているのかもしれない。

玄関先の巣で子育てを行っていたツバメは、三月中旬に我が家にやってきて、二つの卵を二回産んだが、二つは下に落とし、一羽はカラスに襲われ、一羽のみを無事育てて、八月上旬南の方に巣立っていった。この自宅は二十二年前に私が福岡に単身赴任する際に建てたものだが、それ以来毎年玄関先の同じ場所に燕が巣をかけている。毎朝ツバメの巣の下の糞掃除をするのは大変だが、我が家へのお客さんだから、ある程度の世話をするのは仕方ないだろう。

六月二十六日、平年（過去三十年の平均値）よりも二十一日遅れて四国地方（北九州・中国・近畿も）が梅雨入りした。気象庁が梅雨入り・梅雨明けの発表を始めた一九五七（昭和二十六年）以降、最も遅い梅雨入りとのことである。偏西風の蛇行により、梅雨前線が南に下がっていたため、このように遅い梅雨入りとなった。松山の水がめ、石手川ダムの貯水率は七十六％まで低下し、地下水位も下がっているので、松山市では広報車を出して、節水を呼び掛けている。

二〇一九年　七～九月

同級生

六月中旬、燧灘中央部にある愛媛県魚島《うおしま》の診療所に勤務する、京都大学の同級生G君から「会いたい」というメールが届いたので、診療所が休みとなる、七月六・七（土・日）日を使って会いに出かけた。

松山から魚島に行くのは、そう簡単ではない。七月六日、朝五時半起床。朝飯を済ませ、六時に家を出て、電車の駅に向かい。六時二十三分の電車に乗って、松山市駅に。七時松山市駅発のバスで一時間二十分かけて今治桟橋まで。今治桟橋から、高速艇で約一時間かけて弓削島まで。弓削島から高速艇で約一時間かけてやっと魚島に、昼過ぎに着いた。

魚島は、その名の通り、昭和初期までは、東の紀伊水道と西の豊後水道から春先に、産卵のために鯛が集まり、島の周囲の鯛網は、蝟集した鯛のために島ができたかと思われるほど盛り上がった、と言われている島である。

しかし、第二次大戦後は、漁獲量減少・人口減少が続き、現在は約一四〇人の島民数まで減少している。なお、島の水道は海水の淡水化プラントによる水だが、上下水道代はG君の子や孫が来て、相当使っても月五千円程度で、多分国庫補助が出ているのではという話だった。松山市の上下水道代はやはり四千〜五千円／月なので、廉価な水道水には補助金が出ているのかもしれない。さらに島には小売店が一軒もないので、肉・野菜・日用品は通販を通じて注文し、週一回、船で配達される。

また、以前の島の基本行政

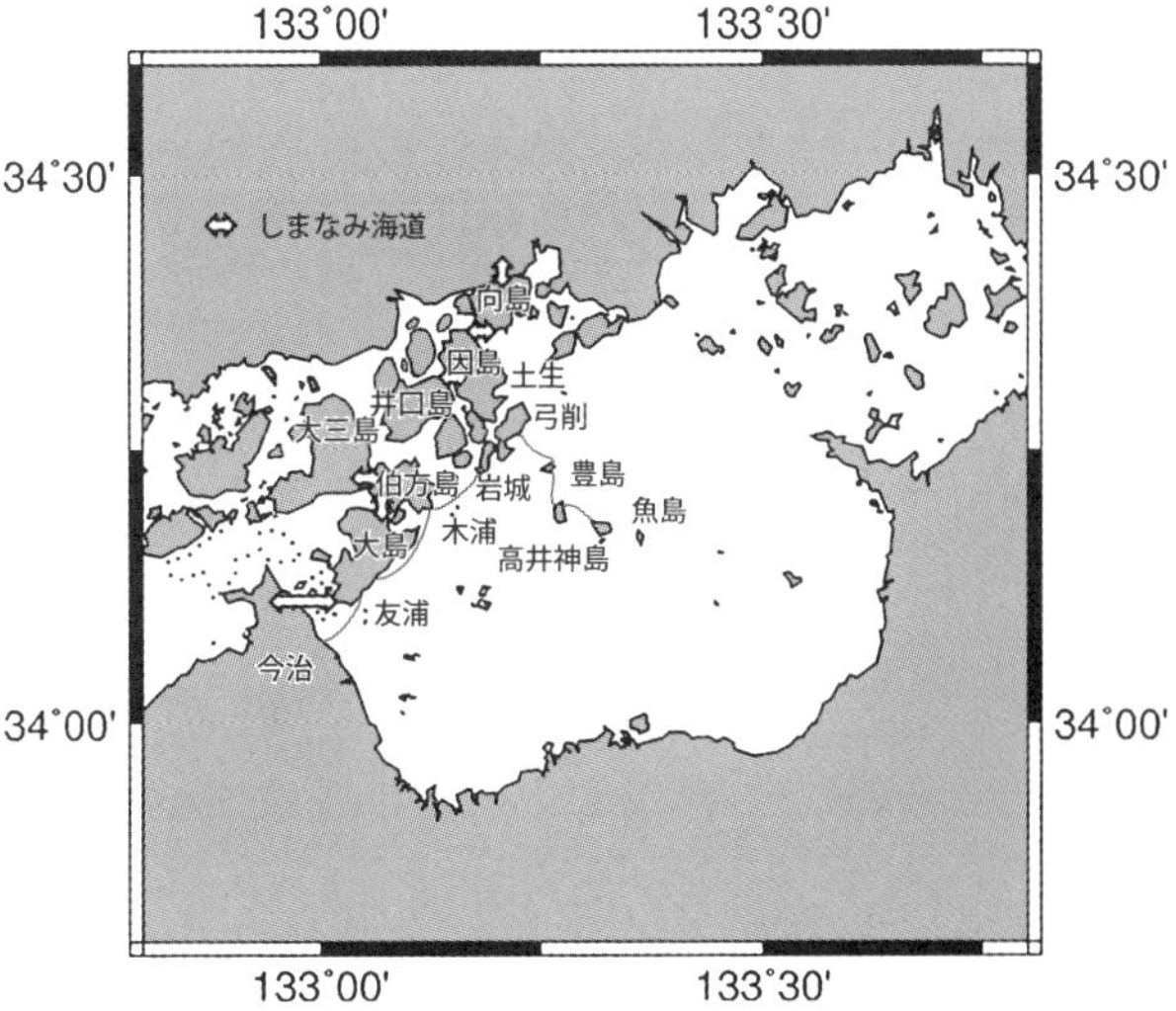

しまなみ海道、今治―土生航路、土生―魚島航路

体は魚島村だったが、二〇〇四（平成十二）年、弓削・岩城・生名の三村と合併して、現在は上島町魚島となっている。

今治から弓削に向かう高速艇がおもしろかった。今治で九人、途中の伯方島・木浦から四人のサイクリストが自転車を持って乗り込んできた。本四架橋を本州↓向島↓伯方島↓今治と自転車で渡って、今治や伯方島で一泊し、次の日、本四架橋の通じていない、岩城島や弓削島をサイクリングするべく乗り込んできたものと見える。実際、十三人のサイクリストは岩城島で三人、弓削島で一人が下船した。残りの九人は終着の因島・土生まで乗船し、尾道までの帰りの路を短くする意図と思える。

弓削からの乗船客は私を含めて三人しか居なかった。途中の高井神島で一人降り、終着の魚島で二人が下船。これでは上島町営汽船も赤字続きだろう。船着き場ではG君が待っていてくれた。

私が京都大学理学部に入学した頃の学部定員は三〇〇名だった（現在も同じらしい）。入学生は第二外国語の選択により六つのクラスに分けられた。S1はフランス語選択で約五十名、S2〜S5はドイツ語選択でそれぞれ約五十名、S6がその他の外国語選択で約五十名といった具合である。G君と私はドイツ語選択でS2に配属された。このクラスは英語とドイツ語や体育の講義を一緒に受ける他に、週に一時間、クラス全員が集まってホームルームがあり、大学からの伝達事項などのお知らせや、クラス討論が行われた。

G君は京都大学理学部を留年なしで卒業後（私は一年留年した）、ソフトウエア関連会社に就職したが、上司と喧嘩して一年で退職。思い直して一年後に神戸大学医学部に再入学し、麻酔医師の国家免許を取り、神戸大学医学部の助手として勤務した。その後、兵庫県内の総合病院の麻酔医師として勤務し、定年後、兵庫県北部の豊岡や浜坂の総合病院管理部門の職を経た後、二年前に乞われ、愛媛県魚島の診療所長として赴任したということだ。土・日を除く九〜十七時が勤務時間だが、平均すると一日三〜四名程度の患者で、高血圧や糖尿病など生活習慣病の治療と施薬が主な業務という。時には、急な病状悪化の患者のために、ドクター・ヘリの派遣を要請し、今治や尾道の大病院に空輸することもあるとのことだ。

到着後すぐ、船着き場そばの官舎に行き、生の豆を通販で買い・自分で焙煎し・ミルで挽いて入れる、彼自慢のコーヒーを飲みながら、夕方まで積もる話をした。もっぱら、彼がしゃべり、私が聞き役という役回りだった。

S2というクラスは割合まとまりが良く、一回生の秋の京大祭（十一月祭と呼ばれる）ではクラスで三十分弱の「偏微分方程式」という創作演劇を発表した。私が脚本を書き、演出したが、今回話していたら、なんとG君が音楽担当で背景音楽を監督したということである。全く忘れていたので、驚いた。そういえば、昔、彼の下宿でいろいろな話をした時、彼から「音が見える」という話を聞いて驚いた記憶が鮮明に残っている。〝音が見える〟という発想が、私にはそれまで全くなかったので、熊本県出身の彼の話を聞いて、大学には全国からいろいろな人が集まっているのだなと感心したのだった。

夕食は私の持参した芋焼酎のロックを飲みながら、サラダ・スープ・小鯛（患者さんからもらったそうだ）の塩焼き・ササミのカピタ・パンケーキ、とひとつ食べ終わるたびに彼が要領よく次を調理して、愉快に飲んで・食べて・しゃべった。さすが、三十年以上の単身赴任で、彼の料理は手慣れたものである。ただ、部屋全体が片付いているとは言いがたく、さ来週、一週間ほど神戸から奥さんが来て、数か月ぶりの家の片づけをやるとの話だった。

G君によれば、医師も六五歳で定年を迎え、ある人は仕事を続けるが、全く仕事を辞める人も居るとのことである。ただ、全く仕事を辞めて家にとどまっている人の中には、人生の意義を見失って、うつ病になる人も多いということである。他人事ではない気がした。

G君自身は、「後任が見つかるまで、少なくとも後五年位は魚島に居るので、また来てくれ」と言っていた。十時には就眠して、翌朝は七時三十分起床。サラダ・目玉焼き・コーヒーをご馳走になり、九時十五分発の高速船で弓削に向かった。

梅雨の散歩

六月二十六日の遅い梅雨入りから、梅雨入り後十日間、曇天・雨天が続いた。雨が降っても一日中家の中に居ると身体がなまるので、傘をさして散歩に出る。早苗の成長は早くて、毎日背丈が伸び、葉は太くなり、青さを増し、たくましくなって、見ているこちらにまで生命力が伝わってくる。

そんな中、田圃をつぶして、未だに宅地が造成されている。自宅付近の田圃にダンプカーがやってきて、泥を入れ、埋め立て工事が進捗中である。埋立地の端に愛媛県が許可したという「開発行為許可標識」と「土砂埋め立て標識」が立ててある。埋め立て地の広さは約五千平方メートルで、工事期間は五月二十五日〜十月十五日と書いてある。田圃を埋め立てた後、住宅業者が来て、多分二十戸程度の一戸建て住宅が建設されるのだろう。

しかし、人口減少のこの時代、松山にこれほどの新たな住宅に対する需要があるのだろうか？　そういえば、ニュースで、高知県の推計人口が、一九六〇年の約八五万人をピークに減少を続け、二〇一九年六月一日現在で、七〇万人を割り込んだと報道していた。ちなみに人口七〇万人以下の県は、鳥取（約五五万人）、島根（約六七万人）、高知の三県である。東北各県の方が人口は少ない気がするが、むこうは面積が広いので人口も多い。ちなみに、現在、秋田県は人口約九七万人、山形県は約一一三万人だそうである。

この人口に応じて、二〇一五年七月に成立した参議院選挙の合区法案も、適用されたのは島根・鳥取県と高知・徳島県の全国二か所だけだった。

私自身、若い頃は人口減少を良いことだと思っていた。人間の自然に対する過大な圧力が減り、地球温暖化や海洋汚染が少しは収まるかもしれないと思っていたからである。ところが一九八〇年代半ばからは、人口減少の影響が、自然にではなく、社会に及ぶ

九月中旬の住宅工事現場

耕作放棄地

ようになってきて、〝これは少し違うかもしれない〟と思い出した。最初は、人口が減り、物が売れなくなるという話がでていたが、やがてその結果、人の働く先が減るという話になり、そのうち、働き手そのものの数が減りすぎて、外食・コンビニ・建設現場などが特に困り、外国人を大量に受け入れなければならない事態に至っている。

人口減少・高齢化とも関連するが、散歩していて一番悲しくなる風景は耕作放棄地の増加である。青々とした早苗が成長している傍らの田圃で、雑草の生い茂った耕作放棄田を見ることは本当に悲しい。

人口減少に関して思い出すことがある。三十年以上前、韓国の友人と話していたら、彼が〝日本の一億の人口がうらやましい〟と言った。〝何故か？〟と聞くと、〝ある商品を開発しようと思っても、人口四千万の韓国では新しい商品がヒットしても一応それだけしか売れないが、人口一億の日本では韓国の二倍以上の儲けが見込めるので、商品開発のための投資額が全く異なる〟というのである。その時はそんなこともあるのかなと思った。しかし、現在、人口一三億の中国経済の伸びがすさまじく、世界第二の経済大国にまでなったが、中米経済戦争を引き起こしている現状は悩ましい。人口四億のアメリカには、今後の商品開発の面で、人口一三億の中国に対する恐れもあるのだろう。特に、この人口差はソフトウエアの開発費の大小に効いてきそうだ。

早苗の急激な成長とともに、水田の境界のコンクリート壁にピンク色のジャンボタニシ（正式名：スクミリンゴガイ、南米原産）の付着卵塊が目立ってきた。ある水田には、早苗の茎にまで卵塊が産み付けられていて、外来生物種の生命力に驚く。ジャンボタニシは早苗の苗を食い荒らすので、駆除が要請されている。

梅雨入り後十日を過ぎ、やっと太陽の光が少し射した。じめっとした光が地上に届く。そうすると、突然ミンミンゼミが鳴きだした。今年の初鳴きだ。それにしてもミンミンゼミは朝のうちうるさいほど泣きわめくのに、十時ころになるとピタリと泣き止む。午後三時過ぎると、今度はアブラゼミが鳴き騒ぐ。

自由

退職しても、（ＮＰＯ）瀬戸内海研究会議・理事長という肩書が残っているので、月に一〜二回、神戸でのＮＰＯの会議に松山から出かけなければならない。松山―神戸はバスが最も便利である。所要時間は約四時間強とＪＲより少し長くかかるが、値段は安いし、たいていガラガラなのでゆっくり座れる。松山中心部から三宮中心部まで直行なので、神戸出張には大抵バスを利用している。

往復のバスの中から、ぼんやり車窓の景色を眺めていると、〝自由だな〟と久々に感じた。すなわち、〝目的地に向かっている〟、という自分の基本の行動義務は果たしているので、〝何を考えても、何を思っても自由だな〟、という気がするのだ。

同様な自由感は、散歩していても感じることがあるが、散歩とバスの中では自由の種類が全く異なる。散歩の自由感はつかの間の自由で、せいぜい〝良い表現や発想を思いつく〟程度である。散歩は歩くことが一番大事だし、車や自転車などいろいろ周囲に注意をしなければならないからだ。一方、バスの中は目的地に行くことは運転手に任せきっていて、本人は長時間の全くの自由が味わえる。そうすると、新しい論理が展開可能である。これは散歩の時の思い付きとは全く次元が異なる自由な長時間の発想の結果である。バスの車窓の風景は、発想のスパイスにこそなれ、発想の邪魔をすることはない。

このような自由な感覚は、まだ真面目に講義に出ていて、勉強に励んでいた大学の一回生時代、数か月に一度の土曜日、京都から伯父・伯母の住んでいた岐阜の家に泊まるために、鈍行列車で東海道線を上る際に味わって以来である。

現役の務め時代、ほとんどの出張は飛行機か新幹線だった。飛行機の場合、機内ではビデオ・オーディオなどの娯楽施設が整備されていて、ぼんやりする暇はない。また、新幹線では電光掲示板にニュースが流され、いろいろな情報が飛び込んでくるので、心が休まらない。

「自由には、〝〜からの自由〟という消極的な自由と、〝〜への自由〟という積極的な自由がある」、と言ったのは、エーリッヒ・フロム『自由からの逃走』である。〝〜からの自由〟は親子・家族・徒弟関係など様々な社会的な契約制度からの自由を指し、〝〜への自由〟とは個人的自我を確立し、自らの感覚や思考を自由に表現出来る状態へ至ることを指す。

ちなみに「自由からの逃走」とは、「第一次世界大戦後、資本主義の急速な発展により経済的に豊かになり、制度的には自由を得た気分になったドイツの大衆が、〝自由の孤独・孤立・責任〟に耐えきれず、〝長いものに巻かれた方が安心だ〟という気分で、自由から逃げ、ナチスに同化されたこと」を指している。

退職後の私は〝生活費を稼ぐために頑張って働くことからは、自由になった〟が、

〝何を目指す自由を獲得しようとしているか、わからない状態〟にある。〝自己実現を目指す自由〟を探さなければいけない。

渋護寺

単身赴任時代、夕方五時頃にはアパートに帰り夕食を作り始める癖がついていた。朝の八時過ぎからの頭脳労働が午後四時を過ぎると、耐えきれなくなって、早期帰宅するからである。したがって、五時からはテレビをつける習慣ができて、松山に帰ってからも、NHKの〝シブ五時〟をよく見ている。この番組の六時の終了近く、〝渋護寺〟というコーナーがある。視聴者からの悩み事に対して、清水みち子をMCに、男一人、女一人のゲスト回答者に加えて、宗教学者の釈徹宗氏が、適切な答えをまとめるという番組である。

二〇一九年七月下旬、この番組で、こんな悩み事が紹介された。「退職以来、毎日妻と二人で家に居るのが苦痛で、どうしたらよいのでしょうか？」。思わず身につまされ、聞き耳をたてた。それに対して、ゲストの男性の回答者の答えは、「すぐに慣れます。毎日を楽しむように努力して下さい」。女性の回答者の答えは、「男は責任脳、女は欲望脳を持っているので、責任がなくなって脳が働かなくなった亭主に、奥さんから欲望の赴くまま、命令を出すと、亭主は責任脳を刺激され、いろいろ仕事をするようになり、平和になれます」というものだった。まとめ役の釈氏の答えは。「人生は諸行無常、旦那さんは今までの環境をさっぱり忘れて、近所の集まりに参加するなど、新たな人間関係作りを模索して下さい」、という至極まともな答えだったので、拍子抜けした。

しかし、このような悩みは、退職した誰にもあり、普遍的だなと思った次第である。

梅雨明け

七月二十四日、四国は平年より六日遅く梅雨明けした。梅雨入りが二一日遅れたので、梅雨の期間は平年の四十三日間より十五日も短かい二十八日間だったことになる。しかし、今年の梅雨の間の松山の降水量は、梅雨末期の大雨のおかげで、三〇六ミリと、平年の梅雨の間より一・四倍も多く、松山の水がめ石手川ダムの貯水率も一〇〇%を越えて、取水制限もなくなり、ほっとした。

しかし、梅雨明け後は猛暑が続く。暑くても散歩は休まない。体の調子が変調をきたすからである。それでも暑すぎて、散歩は午前十〜十一時、午後四〜五時に短縮した。酷暑の中の散歩の必需品は、帽子・タオル・水筒である。タオルが一時間でびっしょり濡れてしまうほど汗をかく。午前・午後の散歩の間、近くにスーパーを見つけたら、入って五〜十分間、売り場を見学しながら、涼んで身体を冷やす。そうしないと身体がほてって、なんともやりきれない。暑い散歩中、スーパーを見つけると、砂漠でオアシスを見つけた気分になる。実際の砂漠の中でのラクダの旅はもっときついのだろうが。

酷暑は梅雨明け以後毎日続いた。日本は太平洋高気圧に覆われ、連日の晴天で、毎日最高気温が三八度以上の場所がどこかで出現し、日本全国、真夏日（最高気温三十度以上）か猛暑日（最高気温三十五度以上）、夜も二十五度以下にならない熱帯夜が続き、テレビのニュースは〝高温注意情報〟と〝熱中症に気をつけて下さい〟を繰り返している。実際、七月三十一日には公園で着ぐるみの演芸を行っていた若い男性が、八月二日には駐車場でエアコンを切って仮眠していた中年男性が、熱中症で死亡した。八月一～七日の一週間、東京都内では、四十～九十代の四十五人が熱中症で死亡したという。まさしく、テレビで繰り返す〝災害級の暑さ〟が継続していて、私も生まれて初めて経験する暑さである。

夜はシャツとパンツだけで、網戸をつけたガラス窓は開けっぱなし、蚊取り線香をつけて寝る。朝はガラス戸を開放し、朝の空気の中で朝食を食べるが、昼食と夕食は、クーラーを入れないと食事を取る元気が起こらない。

しかし、八月八日の立秋の朝は、四時三十分頃肌寒くて目が覚め、パジャマの上下を着て、再び寝た。季節とは正直なもので、昼間の暑さは相変わらずだが、早朝の涼しさは戻ってきた。太陽は確実に日本上空から南に離れつつある。これから秋だ。

毎日の午後の散歩の途中見かける自宅近くの埋め立てられた田圃では下水管の配置工事も終わり、最終の表土整地が行われだした。

デパートの屋上

退職して三か月、毎日やらなければいけない事がない生活にもだいぶ慣れてきて、一日に一つやらなければならないことがあれば、それで今日一日は頑張ろうと思えるようになってきた。やらなければならないことが何もない日は、通常通り、読書と散歩と勉強を楽しむ。読書はもちろんのこと、散歩もそれなりの驚きが毎日あって、胸のポケットに入れたペンとメモで書くことがなくならない。

愛媛大学在職当時、仕事に疲れた土曜日の午後はよく、帰り道の松山市駅にあるデパートの屋上に出かけて、のんびりしていた。愛媛大学と官舎を結ぶ郊外電車と市内電車をつなぐ駅が松山市駅だったからである。退職し、暇ができたので、銀行や買い物など街に用事ができた折の帰りに、再び、同じデパートの屋上でのんびり時間を過ごすことが多くなった。松山市駅から郊外電車に乗って自宅のある郊外の駅まで帰るからである。

デパートの屋上の遊具や乗り物の主役はドラえもん・アンパンマン・キテイちゃんのビッグスリーである。この主役はここ数十年変わっていないのではないか。

デパートの屋上の客の主役は、言うまでもなく親子連れである。子供たちは希望あふれる未来へ向かう自由に満ちていて、彼らの振る舞いは、見ていて楽しい。特に遊びに夢中になっている子供の表情を眺めていると、飽きることがない。私たち大人（もう老人だが）はあのような夢中な表情は、もう出来ないのではないか。

夏季のデパートの屋上は、夕方ビヤガーデンに変更されるので、その時まで普通の大人がやってくることはない。しかし、時々、昔の私のような、くたびれた表情のサラリーマンが一人でやってきて、ぼんやりとベンチに腰を下ろした景観に出会うことがある。彼は一体、何を悩み、何に困って、昼日中のデパートの屋上でぼんやりしているのだろう？　早く元気になってくれれば、と思うのだが。

そういえば、昔このデパートの屋上でぼんやりしていた時、よく〝自分は今のこの世の中とうまくマッチしていないのではないか〟と思っていた。つまり、何か自分の仕事や生き方がしっくりこなくて、どこか別の世界に行きたいと思っていたのである。七十歳を過ぎた今になって、さすが、そのような思いや願望はなくなったが、デパートの屋上のベンチに座りながら、残りの時間を今の世界にどうしっくりなじませ、毎日を気持ちよく過ごせるかを考えるのだ。

山頭火と放哉

子育てが一段落してから（と言って、自分が何をしたというのでもないが）、時折、山頭火や放哉のような漂泊の旅に出たいという気持ちが、心を騒がせた。

私は種田山頭火の生まれ育った山口県防府市の隣の市の徳山市（現、周南市）で生

まれ育ちながら、高校時代の国語の教科書に載っていた彼の句

鉄鉢の中へも霰

を読むまで、山頭火のことは全く知らなかった。この句自体は〝きれいな句だが、寂しい句だな〟、という程度の感想しか持たなかった。

松山に住むようになってから、たまたま、丸谷才一『横しぐれ』を読んで、山頭火への、同じ本で少し扱われていた尾崎放哉に対しても、見方が変わった。愛媛大学のすぐそばに在る、山頭火終焉の地の一草庵にも足を運び、放哉終焉の地の小豆島・南郷庵にも足を運んだ。

『横しぐれ』は、医者である丸谷の父と、父の友人である旧制高校の国語教授が、松山道後の茶店で、変わった風流な僧侶に酒を奢り、いろいろな楽しい話をしたが、それが山頭火ではなかったのか、そうあって欲しい、という丸谷の想像を、山頭火の日記や句を元に探っていく、という小説である。

道後での三人の酒の場の最後あたり、急に横殴りの時雨となり、父の友人がそれを「横しぐれ」と呼んだところ、僧侶がその言葉に偉く感心して、急に立ち上がり、礼

を言って金を払わず立ち去った、という話が紹介されている。この〝横しぐれ〟という言葉と

うしろ姿のしぐれてゆくか

という山頭火の句が、三人の酒と時期的に結びつくかどうか？山頭火の日記に〝横しぐれ〟という言葉に関する何らかの記述はないか？を探る、国文学者としての丸谷の研究経過報告という感の小説である。三人が道後で酒を飲んだ年月日を探るうち、生き残っている別の父の友人と飲むことになり、三人が道後で酒を飲んだ顛末を聞きだす中で、父の浮気と手術の失敗という、丸谷がこれまで全く知らなかった父の別の顔を知って、大きなショックを受ける、というのが小説の落ちになっている。

山頭火は明治十五年山口県防府市生まれ。二十七歳で見合い結婚し、翌年長男も授かりながら、四十三歳で出家し、行乞の旅に出る。行乞は俳句雑誌「層雲」の同人など知り合いの資金援助頼みの旅だった。そして、金がなくなると、別れた妻に無心をし、さらには成長した長男にも経済的援助をあおぐ始末だった。その中で

分けいっても分けいっても青い山

というような句が作られる。

続いて、吉村昭『海も暮れきる』も読み、尾崎放哉の一生をおぼろげながら理解した。「海も暮れきる」は放哉の代表句

障子開けておく、海も暮れきる

から取られている。

放哉は明治十八年鳥取市生まれ。東大法学部を卒業後、保険会社のエリート社員になりながら、狷介な性格と酒の失敗で会社を首になり、家族との縁も完全に断ち切り、一人小豆島の堂守りとして生涯を終えた。私の好きな句に代表句

咳をしても一人

がある。

吉村昭『海も暮れきる』では、大正十四年秋、会社も家族も、彼の逃げ場だった「一燈園」も捨てた放哉が、大学の先輩で、俳句の師でもある荻原井泉水と「層雲」の同人で小豆島の名家の跡取り井上一二の世話で、小豆島の西光寺・南郷庵の庵主となったが、肺結核が悪化し、翌十五年四月、四十二歳で死去するまでが、詳しく書かれている。

小説の内容はとにかく暗い。読んでいるのがつらくなるほどである。肺結核が悪化し、咳・痰がとれず、下痢がひどく、近所の医者に診察と薬を頼むが、勘定を請求され、その度に、井泉水・一二・「層雲」の同人などに無心の手紙を書きまくる。運よく送金されてくると、医者・近所の食料品店への払いをすませた後、はしゃいで、酒に飲まれて、近所の老婆などに毒づく。さらに、足腰が立たなくなり、トイレにも行けなくなると、下の世話を手伝いの婆さんに頼むこととなる。最後は、目がみえなくなり、肺が硬直し、息を引き取る。

〝このような死に方はしたくない。どんな良い句が作れても、このような生き方はしたくない。〟と強く思ってしまった。

二人とも自由律の俳人として名高い。二人は同じ荻原井泉水門下として俳句を学んだが、直接の面識はなかった。ただ、山頭火は、四十六歳の四国行乞の旅の途中、初

めて、小豆島の放哉の墓にお参りした後、死ぬ前年五十七歳の昭和一四年に〝放哉墓前に〟と題し、

ふたたびここに、雑草供えて

という句をつくり、享年の五十八歳となった昭和一五年には〝放哉居士の作に和して〟と題し、

鴉啼いてわたしも一人

という句をつくっている。

二人とも、性格の根本に他人への甘えがあり、酒に飲まれる、という共通点があって、家族を含む〝世を捨てて〟、ある種の諦観を元に自由律俳句を作っている。

私もすでに七十一歳、放哉（四十一歳）や山頭火（五十八歳）の亡くなった歳よりも、はるかに老いてしまった。二人のような放浪も出来なかった今の自分が、二人とどう向き合うか？が問題である。しかし、私には二人のような他人に対する甘えはで

きそうにない。

秋雨前線

八月二十五日朝、秋雨前線が南下し、四国は大陸の寒気団に覆われ、気温が低下して、昨夜は夜中にガラス窓を閉め切り、パジャマの上に夏蒲団をかけて眠った。今朝の最低気温は二〇度、今日の最高気温は二九度で、久々に真夏日でも熱帯夜でもなくなった。

田植え後約二か月が過ぎ、晴天が続き、干された水田に再び水がひかれた。約八十センチに伸びた稲は穂をつけ、花を咲かせる大事な時期に入った。穂が出て、二〜三日すると、稲の花が咲く。稲の花は虫媒花ではなく風媒花なので、雄蕊の花粉は風で飛ばされ、もっぱら自家受粉して、稲の実が出来る。あとひと月で稲の実がついた穂が重くなり、やがて垂れてくる。

風が吹くと、稲の葉先が揺れる。ある場所の葉先が傾いても、別の場所の葉先は突っ立ったままで、水田一面に葉先の凸凹が出来て、その模様が風下・風上に様々に移動していく。じっと眺めていると、葉先の揺れ方には一定の規則性があるようにも見えてくる。

さらに、中には、すでに水が抜かれ、稲穂が実り、頭を垂れ、風で穂波が揺れている田圃もある。実った稲には数十羽の雀がむらがり、実をついばんでいる。昔は稲が実ると、田圃に案山子を立てたり、光るテープを張ったりして、雀除けをしていたものだが、ここ松山の自宅近くの田圃では案山子もテープも見当たらない。近年都市近郊で雀が減少しているためかもしれない。また、隣の田圃では数羽

風による稲穂のゆらぎ（乱子）

のアキアカネが舞っている。

昔、稲の穂波を観察して、流体力学の乱流を研究した人が居た。農林省農業技術研究所の井上栄一博士（一九一七〜一九九三）である。彼は稲の穂波の乱れの基礎となる成分を〝乱子（らんし、Turbulon）〟と名付け、その規則・不規則性を明らかにしようとした。私も大学院時代に乱流を学んだことがあり、その時、井上論文を読んだ記憶がある。私の当時の研究テーマは〝瀬戸内海に流入してきた諸物質がどのように拡がっていくか〟という問題だった。瀬戸内海の海水中の乱れの程度が、物質の拡がりの速さを決めているので、その速さを決める海水中の乱れの特性を知りたかったのだ。結果的には、物質の移流・拡散を表す方程式を電子計算機で解けば一応の答えは得られて、式中の拡散係数というパラメータの値が定量的に分かれば問題は解ける、というところまで分かった。そして、実際に電子計算機を用いて計算をすると、一九七四年十二月の岡山県倉敷市・三菱石油水島製油所からの流出重油の拡がりが、数値模型実験により精度良く再現できたので、乱流に関する研究を一段落させ、以後、乱流関係の論文を読むことはなかった。

苦髪楽爪

最近髪が伸びなくなった。一方、爪の伸びるのが早くなった。以前は毎月一回必ず散髪屋に行って、散髪していたのに、この五〜六月は一回も散髪に行かなかった。一方、爪の方はやけに伸びるのが早くて、少なくとも毎週爪をつまないと、長い爪が気になってくる。

一般に〝苦髪楽爪〟と言い、心や身体が苦しい時には、頭の髪の毛や髭が伸びやすく、悩みや心配ごとがない時には、手や足の爪が早く伸びるという。逆に、苦労が多い時に爪が伸びやすく、楽をしている時に、髪の毛が伸びやすいという意味で、〝苦爪楽髪〟とも言うから、この言葉自体はいい加減なのだろう。

要は、〝苦労している時は髪や爪の伸びる気遣いをする余裕もないから、両方伸びて困るが、楽をしている時は、身辺に注意を払う余裕があるので、髪も爪も長くなる前に整えて、気にはならない〟ということなのだろう。

実りの秋

私は小学校に入るまでは長髪で、それ以降、小学・中学・高校は坊主だった。大学に入学し、三十歳までは長髪だったが、愛大に勤めていた三十歳の時、いろいろ思い悩むことがあり、バッサリ髪を切って坊主頭になり、以後四十年間坊主頭で暮らしている。夏は涼しいいし、冬は毛糸の帽子をかぶれば寒さは問題ないし、何より手間がかからないのが良い。ただ、髪が伸びるのが早くて、毎月散髪屋に行って、バリカンをかけてもらわないと、見苦しい頭となる。

それが退職し、一挙に髪の毛の伸びる速度が遅くなり、二か月に一度の散髪屋となった次第である。単に年を取ったのが理由なら、爪の伸びる速度も遅くなってよさそうなものだが、こちらは、散髪屋ほどきちんと、爪を切る頻度を記憶していないのではっきりしないが、退職前よりむしろ早くなった気がする。

一体どうなっているのだろう？

中秋の名月の日（九月十三日）、近所の田圃で稲刈りが始まった。キヌヒカリ（コシヒカリと同程度の味で、草丈が短く、耐倒伏性が強い稲）という品種である。周囲には穂が実ってもまだ水を張っている田もある。中には、草取りが不十分で、稲より成長したヒエが立派な実をつけている水田もある。稲刈りが始まった田圃の周囲の田十枚程度は、すでに水がなく、田も乾いていて、稲刈りの準備万端という感じだ。今年は天候に恵まれ、水も不足することなく、南予で多発しているトビイロウンカ（稲を食い荒らす）が北上せず、このまま台風が襲来しなければ、農家は万々歳だろう。

刈り取りが終わって、刈り株の残った田圃にはさっそく、スズメ・ハト、さらにカラスが来て、落穂をついばんでいる。

しかし、六月中旬に田植えをして、わずか三か月で稲刈りだから、松山の稲作は一／四年で勝負していることになる。私が子供の頃、山口県では五月の麦刈りの後、田圃の整地↓水張り↓代掻き、をして、六月に田植え、十月に稲刈りと、稲作には半年かかっていた記憶がある。品種改良により、栽培期間が短縮されたのだろうか？

それに加えて、最近では二毛作（同じ田圃で半年間麦を栽培し、半年間稲を栽培す

中秋の名月の日の松山郊外での稲刈り

ヒエがはびこった田圃

る）を全く見なくなった。多分、小学校の頃教科書に出ていた高知でも、二期作（同じ田圃で稲を二回収穫する）はもうやっていないのではないか。

日本の食料自給率は四割を切っているというのに、コメの消費減で、相次ぐ減反、短期決戦の稲創り…。このような現代日本の農業の状況はどう考えてもおかしいのではないか。

韓国登山

九月二十一日夜、松山観光港からフェリーで小倉へ。朝五時に小倉に着いて、ＪＲで博多駅へ。地下鉄で福岡空港に向かい、九時半発のＬＣＣ（Low-Cost Carrier; 格安航空会社）チケットでソウルに飛び、昼前、インチョン国際空港で、〝山賊会〟の仲間と待ち合わせをした。

この会は二〇〇二年、私が九州大学在職時、ソウル大学から一年間、九大の応用力学研究所で研究を行うために来ていたAさん（現在ソウル大学名誉教授。彼はソウル大学山岳部のヒマラヤK2登山隊の隊員だったという山登りのプロ）が、帰国時に日本の山に登って帰りたいと言うので、Aさん夫人、私と私の研究室の秘書Fさん、隣の研究室の山好きの院生Y君、計五人で霧島の韓国岳《からくにだけ》に登った。これが皆に好評で、以後毎年、日本と韓国の山に交互に登ることになり、久住山・比叡山・比良山・尾瀬が原・会津駒ケ岳…、ソクラ山・ハルラ山・ブハン山…などに登り、メンバーも、韓国からAさんの教え子のSさん（公州《コンジュ》大学教授）、日本から、応用力学研究所の修士課程を出て海洋コンサルタントに努める山好きのK君が加わって、計七人となり、会の名前も〝山賊会〟とした。昨年は私が世話役で徳島の剣山を楽しみ、今年は一七回目の登山となる。

今年、いろいろな都合で、日本からは私とK君しか参加できなかった。九月二十二日正午過ぎインチョン国際空港で韓国側の三人と会った私とK君、計五人は、昼食をすませ、六人乗りのレンタカーで韓国西海岸沿いの高速道路を南部の辺山《ピョンサン》半島国立公園に向かった。辺山半島国立公園は海と山の観光が同時に楽しめる国立公園として韓国では有名だそうだ。

Aさんは一九四一年生まれ、私より七歳上である。私が大学院生の頃、彼が「日本海洋学会誌」に書いた黄海の潮汐・潮流の水平二次元モデルの英語論文をじっくり読んだ記憶がある。当時数値モデルによる潮汐・潮流研究はめずらしかった。その後、私が愛媛大学で黄海・東シナ海の潮流・残差流特性を三次元数値モデルで研究し、同じ学会誌に英語論文として発表したところ、当時、三年間東京大学理学部海洋学研究室に留学していたAさんが、三次元数値モデル研究手法をマスターしたいと、一か月間松山にやってきて、一緒に勉強するとともに、月一回の研究室内ソフトボール大会やコンパを楽しんだ。

Sさんは一九五四年生まれ、私より六歳下である。彼も東京大学理学部海洋学研究室に六年間留学していて、カナダ・バンクーバーで開かれた国際学会時に初めて話して以来親しくなり、学会時に一緒に酒を飲んだりした。彼の研究テーマは「測流による日本海の流動構造解明」だが、私が九大に移ってから、日本海の物質循環や春季ブルームの研究などを行っていたこともあり、日本海の環境特性などに関してよく話をした。私が韓国の水力・原子力発電公社から霊光《ヨンガン》原子力発電所の調査と研究を依頼された際には、通訳として彼にいろいろ助けてもらった。

レンタカーの中では、日本語の堪能なAさんとSさん、私とK君の間で愛大、九大などの昔話に花が咲いた。A夫人も少しは日本語がわかるので、話の雰囲気は伝わっているようだ。韓国人三人は、もちろん、ハングルで様々な話題を楽しんでいるようだった。

驚いたのは、Sさんもこの九月一日に公州大学を定年退職したばかりとのこと。しかし、博士課程の学生一人を大学に残しているので、あと数年は研究室もそのままで、不定期に大学に通い、学生の就職の面倒を見るまでは大学と縁が切れないとのことだ。

夕方、予約してあるホテルにチェックインして、近所の魚料理店でコノシロづくしの夕食をとった。細く切って骨を食べやすくしたコノシロの刺身、コノシロの刺身のコチジャン和え、コハダ（コノシロの幼魚）の握り寿し、尾頭付きのコノシロ塩焼き、である。韓国産清酒と合わせて、おいしかった。

翌朝二十二日は七時起床、朝鮮ハマグリのおかゆで朝食をすませ、八時過ぎから来蘇寺《ネソサ》に行く。入り口で一九七〇年生まれのK君(四十九歳)だけ入場料三、〇〇〇ウォン（約三〇〇円）を払った。他の四人は全員六十五歳以上で無料。来蘇寺境内のモミ並木の下をゆっくり散歩し、寺の裏にあるカンソン峰（四五七メートル）に登る。途中のゴロタ石の急こう配の登り路は少々しんどかったが、頂上からの眺めはすばらしかった。ジオパーク指定の海岸線と広い干潟の海が見わたせ、山は奇岩に覆われている。

対馬海峡を通って日本海に抜けると予報されている台風一七号が接近し、雲行きが怪しいので、昼過ぎに下山。麓に降りたら本格的な雨となった。寺の前の食堂で、ウコンのマッコリを飲みながら、チジミで昼食。マッコリがうまかった。昼食後、雨が心配なので、次の目的地、スキー場で有名な、朝鮮半島南部中央の茂朱徳裕山《ムジュドギュ》国立公園に向かった。予約したリゾートホテルにチェックインした後、久々のスンドウブ豆腐と韓国産焼酎で夕食を楽しんだ。

九月二十三日は台風一七号接近で朝から雨。台風接近が理由で、徳裕山登山道は閉鎖され、山登りも散歩も出来ず、台風から逃れるようにレンタカーでゆっくり北上した。大田《テジョン》の温泉を楽しみ、冷麺の昼食後、公州博物館を見学し、夕方ソウルまで帰りつき、定宿のソウル大学ゲストハウスにチェックインした。夕食はゲストハウス近くのAさん行きつけの飲み屋で、恒例の焼き肉を食べ、生ビールを飲みながら、来年の予定などを話し合って、〝さよなら会〟とした。

最終日二十四日は六時起床、台風一過、朝から秋晴れで、昨日出来なかった山登りを取り戻すため、ソウル大学裏の冠岳山《カナク》(六二九メートル)の途中まで登った。K君の帰りの飛行機に間に合わせるため、九時にソウル大学ゲストハウスに帰りつき、K君はバスで空港に向かった。

私は群山《クンサン》大学のＳＭさんが十時にゲストハウスのロビーに来ることになっていたので、部屋を片付け、チェックアウトして、ロビーで彼を待った。二十数年前、韓国の海洋工学会に頼まれ、ソウルで、数値モデルを用いた魚の卵稚仔の追跡数値実験方法と、得られた結果を用いた水産資源保護戦略に関する講演を行ったことがある。ＳＭさんはこの講演を聞いて、〝今後の自分の仕事はこれだ！〟と思ったそうだ。そこで、二年後に妻子を連れて四人で一年間愛媛にやってきて、この手法を研究した。一年後、研究手法をマスターし、いくつかの論文を私と共著で書いて、明日は群山に帰るという時、研究室でＳＭさんの家族も招いて送別会を行った。その時、小学校一年生だったＳＭさんの娘さんに〝お父さん

来蘇寺での第 17 回山賊会記念写真
左からＳさん、Ｋ君、筆者、Ａさん夫人、Ａさん

にあまりお酒を飲ませないでください〟と言われたことが今でも忘れられない。多分母親に言わせられたのだろうが、これは少々こたえた。ＳＭさんは酒を飲むのは好きだが、あまり強くない。私は娘さんに「すみません」と頭を下げるしかなかった。

その娘さんも商社勤務で現在はニューデリー滞在中とのこと、当時幼稚園に通っていた息子さんも化学の大学院博士課程最終年とのことだ。何より驚いたのは、ＳＭさんも二年前群山大学を定年退職して、今はソウルにある港湾コンサルタントの顧問として週二回会社に行く以外、義務はないということ。毎月ソウル在住の教え子達とやるゴルフが何よりの楽しみとのことだった。ロビーで積もる話をした後、彼の家近くのレストランでフグ鍋をご馳走になり、近くのバス停からインチョン空港行きのバスに乗り、午後の飛行機で無事福岡に帰国した。

今回の旅の出発前は、徴用工問題が発端で、こじれにこじれている日韓関係のために、何か不都合なことが起こるのではないか、と心配していたが、山ですれ違う人々とは〝アニハセヨ〟と和やかな挨拶を交わし、温泉でも裸同士なんの不安もなく、心配は杞憂に終わった。

二〇一九年　十～十二月

消費増税

十月一日から消費税率が八％↓十％と増率された。松山の名所、道後温泉の入浴料金も四一〇円から四二〇円となった。

昨日（九月三十日）の午後の散歩の途中、スーパーマーケットに立ち寄ったら、買い物カートの上下に日本酒の二リットルパック六ケと焼酎の二リットルパック六ケを積んで、押している人を見かけた。居酒屋のまとめ買いかなと思って、買った人をよく見ると、普通の老人である。それを見て、〝増税前の駆け込み需要だ〟と気づき、私も芋焼酎の二リットルパック二ケを衝動買いしてしまった。

十月一日のニュースは、昨日深夜から今日一日の消費増税影響をめぐるてんやわんやの街中大特集である。その中で面白い話題がひとつあった。ヘアーサロンで九月三十日に、増税前にと思ってカットした女性が、今日（十月一日）カットした友人と話をすると、なんと、友人の方が安かったというのである。理由は〝キャッスレス決済五％割引〟にある。

政府は消費税率増率後の消費・景気落ち込みを警戒して、軽減税率制度導入など、二〇一四年時（消費税率五％↓八％）とは異なる様々な仕掛けを考えた。

そのひとつが、これを機会に、日本が世界的に遅れているキャッスレス決済を進めるため、十月一日以降半年間限定の、キャッシュレス決済消費税率割引サービスである。すなわち、現金の代わりにカードなどで料金を支払えば、本人は料金の五％割引で支払い、消費税の不足分五％は政府が負担するという仕組みである。これが適用されれば、カット料金そのものが変わらなければ、八％の消費税が十％に増率されて請求されても、新しい料金の五％が割引されるので、結果的には八％の増税前よりも安いカット代ですむことになる。

また、軽減税率に関しても、コンビニ店員の不満が伝えられた。軽減税率は、日常生活に不可欠な食料品は十％に上げないで、八％に据え置くというものだが、弁当は持ち帰れば八％で、イートインで食べれば十％になる。持ち帰りで買っておいて、気が変わったからと言ってイートインで食べればどうなるのか？　店員は十％払って食べている人と八％払って食べている人が居たら、八％の人に出ていってもらうか、もう二％分払ってもらわなければならないが、店内でそのような対応は不可能、と言う。

さらに、箱入りキャラメルの税率は八％だが、おまけつき箱入りキャラメルは十％

だそうだ。

テレビのニュースが伝える町の人々へのインタビューでは、〝軽減税率もキャッシュレス割引も、新しい制度はわかりにくい〟という意見が多かった。

総説

退職後の六月に、ある学術雑誌の編集委員会から依頼された総説「沿岸海域の栄養塩濃度管理」という論文をようやく書き上げ、編集委員会へ送った。この総説を書き上げる作業は結構大変だったが、なんとか一段落し、ホットして、夕食時には久々の冷酒をゆっくり飲んだ。これから査読があり、いろいろ注文の付いた原稿が返ってくるが、それを改訂して、やっと完成となる。

入れ替わりに、別の学術雑誌の編集委員会から「流動現象のモデルとその利用例」

という総説をメールで依頼された。私は〝学者は芸者と同じ〟と考えているので、お座敷（講演・講義・論文執筆依頼など）がかかれば、基本的には断らないことにしている。退職後の今回も、すぐに〝書きます〟とメールで答えた。締め切りは来年一月なので、これから三か月余り、頭をひねって、話を組み立て、細部の詰めなどを考えて、印刷五頁仕上がりの総説を書き上げなければならない。

こういう依頼が来ると、頭をフル回転させなければならないので、生活も少し変わってくる。四六時中、基本的には、この総説のことを考えながら過ごす。散歩していても、出張中でも、布団の中でも、ある表現を思いついたり、書いた文章を訂正しなければならないと気付いたり、とにかく総説中心の精神世界となる。こうだと思っていることでも、書くとなると自信がなくなったり、正確な表現が分からなくなったりするので、その度、論文を読み直したり、教え子に〝すまないが、・・・〟と聞くことになり、いろいろ勉強になる。

その意味では、このような総説を書くことで、より成長することが可能となる。しんどい作業だが、一面、張り合いのある暮らしとなり、ボケ防止には最適だろう。

宅地の中の公園

田圃を埋め立てて宅地化した工事が完了し、発売が始まって、驚いた。発売される宅地の中心に公園用地が確保されているのだ。この公園、まさか不動産業者がサービスで作っているとは考えられないので、おそらく、行政指導があるのだろう。〝宅地開発する場合、開発宅地何平方メートルについて、何平方メートルの公園を整備すること〟とか…。いずれにしても、これから子供を持つ若い夫婦にとっては、公園がそばにある宅地は魅力ある物件には違いない。

中央の柵で囲ってある場所が公園用地

台風一九号

近年まれに見る強くて大型の台風一九号（二〇二〇年二月に〝令和元年東日本台風〟と命名された）は、十月十二日夜伊豆半島に上陸し、速い速度で北東方向に進み、十月十三日朝には福島県から太平洋に抜けて、日本から遠ざかった。

この短時間の台風通過に伴った降雨がすさまじかった。箱根では史上最大という九二三㎜／dayを記録した。中部から関東・東北と広い範囲にわたった豪雨で、七都県六八河川、一三〇か所で河川堤防が決壊し、四六、〇〇〇棟が浸水した。さらに、一三都県で八二一件の土砂災害（がけ崩れ、土石流など）が発生して、死者九二名、行方不明者九名を数えた。長野では千曲川が氾濫し、長野市の長野新幹線車両センターに止まっていた十編成の新幹線が浸水して、すべて廃車となり、一四八億円の被害額となった。さらに、北陸新幹線は土砂崩れによる線路被害で十月二十四日まで不通となった。

今回の豪雨台風の一因は地球温暖化にある。日本南方の海面水温が上昇し、海面からの蒸発量が多くなったので、北上する台風が多量の水蒸気を溜め込み、それを一挙に日本上空で降下させることが、豪雨台風の一因となっているからである。今後も温暖化の進行とともに、台風災害の深刻化が進むだろう。今までの常識とは異なった、より一層高度な防災対策が望まれる。

台風一過の十月十五日にはオーストラリアの知り合いの海洋学者O教授から、〝大丈夫か？〟というメールが届いて、驚いた。すぐに〝自分も家族も無事で、メールありがとう〟、と返信したが、台風一九号の被害は、オーストラリアでもニュースで放送されたようだ。

トルコ出張

トルコで（NPO）MEDCOASTにより開催される「沿岸域統合管理」の国際会議に出席するために、十月二十日（日）十五時に松山を発って、十六時三十分羽田着。二時間かけて電車で成田へ。三時間半待って、成田を二十二時に発ち、シベリア上空を通過して、十一時間半の飛行の後、現地時間、夜中の三時三十分にトルコ・イスタンブール着。日本とトルコの時差は六時間なので、日本時間は十月二十一日（月）朝九時三十分。五時間半空港で待って、九時イスタンブール発、一時間半かけて、トルコ南西部のダラマンへ飛ぶ。ダラマンに着いてから、同じ会議に参加する各国の人々約十五名の集合を待ち、十一時にダラマンからマイクロバスで一時間半かけてマルマリスまで。松山を出てから二十七時間三十分が経過して、トルコ時間で十月二十一日（月）昼の十二時三十分、ようやく目的地の、エーゲ海に面したリゾート地、マルマリスに到着した。マルマリスからはギリシャのロードス島へ行くフェリーも出ている。

昨晩は飛行機の中でほとんど眠れなかったので、ホテルで昼食をとった後、ひどく眠くなった。しかし、今寝たら、夜中に目が覚め、明日が大変なので、散歩したり、スーパーマーケットの値段探検をしたりして、なんとか夕方まで起きていた。午後六時三十分からホテルの夕食時間なので、レストランに行って、バイキング形式の料理の中から野菜・焼き魚・パンを選び、ビール・赤ワインで夕食をとった。この四つ星ホテルは、部屋にはダブルベッドとシングルベッド、二つのトイレ付シャワー室があり、三度の食事はビール・ワイン付きだが、すべてが部屋代に含まれていて、一泊五十ユーロ（約六千円）と非常に安い。ゆっくり食べて、飲んで、午後八時頃ベッドに入り、朝三時頃一度目が覚めたが、なんとか一晩良く眠れて、次の朝を迎えることが出来た。

イスタンブール空港でダラマンへの飛行機を待ちながら、空を眺めていたら、トルコのこの時期は朝が明けるのが遅く、七時頃ようやく空が明るくなってきた。夕方は七時頃真っ暗になる。

二十二日（月）朝、会議の登録を済ませ、午前中は開会式。主催者のO教授が、このNPOの一九九〇年設立以来の歴史を簡単に紹介した。地中海の沿岸域管理手法の確立を目指し、二年に一度学会を開催し続け、今回が十四回目とのこと。出席者は当初の約三〇〇名から減少を続け、今回は約一〇〇名。なんとなく、昔の同志の同窓会という雰囲気である。

午後は二会場に分かれ、一つの会場が「沿岸域統合管理と里海」セッションに割り当てられた。約四〇名の参加者を得て、最初が私の発表「里海と沿岸域統合管理」で、十八分喋って二分の質疑応答時間があった。「里海では藻場に対して、どのような人手をかけるのか？」という質問がオランダの海岸工学者から出た。次は近畿大のHさんが「里海同士の連携をどう作るか」という話題を提供し、「イギリスの海岸保全法には、漂砂の問題を解決するために、海岸同士の対策連携を義務付けたものがあるが、それが参考になるのではないか」という有意義なコメントがあった。次いで、フランスの社会科学者から「地中海の海洋戦略大綱指針の制定と実施状況」に関する報告があった。そして、日本の海洋政策研究所のGさんから「東アジアと地中海の海洋環境保全管理体制の比較」の発表があり、「地中海では各国が従わなければならない条約があるが、東アジアには勧告しかない」という指摘があった。

その後、海洋空間計画法、沿岸海域の流動・水質モデルの進化、高分解能沿岸海況予報モデルの開発、海洋観測データの統合収集システム、ドローンで撮られた三次元映像処理法、に関する話題提供があった。総合討論では「六年前にこの同じホテルでSatoumiの話を初めて聞いて感銘したが、着実に進展していることを知り、興味深い」というイギリスの参加者からのコメントがあった。

六年前の二〇一三年秋、今回の会議を主催したMEDCOASTと日本のEMECSの共同国際会議を、ここマルマリスの同じホテルで開催し、半日間の Satoumi Workshop をやったことを思い出した。当時ＮＨＫが里海の一時間番組を作っていて、この Workshop を撮影するためにディレクターとカメラマンを派遣した。その経過は角川新書『里海資本論』に紹介されている。

夜は歓迎レセプションで、ヨーロッパの何人かの知り合いと近況をしゃべりあって、なごやかな夜を過ごした。

二十三日（火）午前前半は、私の座長で、「沿岸域統合管理に関するいくつかの問題」セッションがあった、後半はポスターセッション発表時間に割り当てられ、午後はトルコ文化紹介ツアーがあり、夜はトルコ舞踊などの文化ショーを観覧しながらの食事会が行われた。

二十四日（水）は午前、午後、それぞれ二会場に分かれて、通常のセッションが行われた。夜は自由時間となった。

二十五日（木）午前はＯ教授から「地中海と黒海での沿岸域統合管理でこの三十年に成し遂げられたこと、残った課題」に関する報告があり、その後、総合討論が行われた。午後は学生に対する教育セッションが行われた後、閉会式が行われた。夜はさよならパーテイを兼ねた食事会が行われた。

二十六日（金）は、ホテルを朝九時にバスで出発し、夜八時にホテルに帰るというテクニカル・ツアーが行われた。訪問先はマルマリスの南にあるダリアンの原生自然デルタで、今まさに堆積が進んでいる河口域が非常に印象的だった。O教授から「日本にこんな所はあるか」と聞かれ、「とっくに埋め立てられ、皆無だ」と答えた。

二十七日（土）は夕方にマイクロバスでホテルを出発し、ダラマン空港着。夜九時の飛行機で発ち、十時半にイスタンブール着。二時間半待ち、夜中の二時にイスタンブールを発って、日本時間二十八日（日）の午後七時三十分に成田に着いた。それから二時間電車に乗って羽田空港。空港そばのホテルに宿泊。十月二十九日（火）の朝七時半の飛行機で松山へ。九時に無事松山空港に着陸して、長い海外出張が終わった。

マルマリスのホテルのしゃれた（？）ベッドメイク

ダリアンのイズトウズ海岸。左側の海はエーゲ海。
絶滅危惧種のアオウミガメの産卵地で自然保護区に指定されている。O教授は産卵活動調査・保全キャンペーンのリーダーを努めている。

四国遍路

四国は四国八十八か所遍路で名高い。しかし、二〇一九年度の調査によれば、歩き遍路を含め団体バス巡礼や個人の車を使った遍路は十年前に比べて半分程度に減少している。一方で、外国人による歩き遍路は十年前の二倍近くに増加しているとのことである。

世界的に巡礼と言えば、キリスト教のスペイン巡礼と回教のメッカ巡礼が有名である。この二つはいずれもキリスト教、回教の公式行事である。

一方、四国八十八か所巡礼は、元々は弘法大師にならって四国をめぐり修行するという宗教行事であったが、江戸時代以降、民衆信仰のひとつの形として、〝個人の救いや癒しを求める旅〟という側面、ある意味では「哲学的な遍路」という面が強く出ている。歩き遍路に関するそのような事情は、田宮虎彦『足摺岬』や辰野和男『四国遍路』（岩波新書）を読むと、よくわかる。

スペインのサンティアゴ・デ・コンポステーロの巡礼は、キリスト教の聖地で、キリストの十二使の一人である聖ヤコブ（スペイン名サンテイアゴ）の遺骸がある、スペイン北西部・ガリシア州のサンテイアゴ・デ・コンポステーロへの巡礼である。主に、フランス各地からピレネー山脈を越えて、スペイン北西部へ向かう道を、年間約十万人の人が巡礼する。このルートは一九九三年にユネスコの世界遺産に登録された。ピレネー山脈北側から聖地までは約九〇〇キロメートルの道のりで、一日三〇キロメートル歩いても約一か月の巡礼となる。沿道各地には巡礼者を妥当な値段で泊めてくれる巡礼宿が整備されている。

メッカ巡礼は毎年イスラム暦の十二月に行われる犠牲祭を挟む五日間、サウジアラビア・メッカのカーバ神殿に世界中の回教徒が、一生に一度は巡礼し、一定の儀式を行うもので、毎年およそ二〇〇万人が集まる。二〇一五年九月二十四日には神殿に殺到した信者が将棋倒しになり、七〇〇人余りが死亡、八〇〇人余りが負傷し、世界的な事件となったことは記憶に新しい。

四国巡礼も歩けば約一か月を要し、車でも十日程度は必要である。私は大学時代、学内のゲバルトで眼に投石を受け、網膜剥離を起こしそうになって京大病院に担ぎ込まれた。幸い剥離は免れたが、裸眼視力が〇・一まで低下したので、運転免許が取れなくなり、車には乗れない。そこで、退職後は歩いて、四国遍路をしたいと思っている。しかし、いきなり四国一周は冒険が過ぎる。トルコから帰国して一週間後、時差ボケも治って、ようやく一晩ゆっくり眠れるようになってきたので、十一月十日（日）、第五十一番札所石手寺から第五十二番札所太山寺まで歩いてみることにした。石手寺から太山寺は、道なり約十二キロメートルなので、三時間程度で歩けるはずである。

朝飯を済ませた後、すぐ家を出て、電車に乗り松山市駅まで。松山市駅からバスで石手寺へ着いた。石手寺は真言宗の寺院で、遍路の元祖とされる衛門三郎ゆかりの寺である。寺前の駐車場には朝早くから大型観光バス四台、自家用車が数十台駐車していて、大変な賑わいである。

九時に石手寺前を出発。寺の前のバス道路の端を西に向かって歩く。この道は傍に水路と柳並木があり、〝四国のみち〟に選ばれているだけあって、快適な散歩道である。子規と山頭火の句碑が並んで立っているのが、なんとなく不調和。九時十五分に子規記念博物館前に着く。それから右折し、道後のホテル・旅館の玄関を眺めながら、少し歩いて、市電の道後温泉駅前着。からくり時計や足湯のある公園で、一休み。次いで、道後温泉商店街のアーケードをくぐって、椿の湯・飛鳥《あすか》の温泉《ゆ》そばを左折し、西へ。道後温泉街を抜け、一般道へ出る。ここは車道と歩道の分離帯がなく白線だけで、今回の遍路中、歩くには最悪の路だった。右手に御幸寺山（一六五メートル）を眺めながら、九時四十分に護国神社前。ここに〝太山寺一一㎞〟の道標。御幸寺山には愛媛大学在職当時何回か登ったが、山頂からの松山市街の眺めがすばらしい。

護国神社前からは車道と歩道に分離石が設置してあって、歩きやすい。街中のバス道を歩いて、十時三十分、かすり会館（元）着。ここを右折し、北に向かい、バス道傍をひたすら歩く。十一時十分、スーパー・フジ前で左折して西へ。ようやく田圃の拡がる田舎道を歩くことになる。十一時十五分、諸山積《もろやまずみ》神社前を右折し、北に歩くと、右手には高縄山（九八六メートル）が見え、刈り入れが終わった田圃では農家のおかみさんたちが冬野菜の手入れをしていた。のどかな田園風景が拡がり、次第にウオーキング・ハイな気分になってくる。

昔、テレビのマラソン中継で、千葉昌子が恍惚の表情で走っているのを見て驚いたことがある。解説によると、これはランニング・ハイと呼ばれる現象で、走り続けるとこのような生理的状態になることがあるらしい。長時間歩いていて、特に登山などでは、歩いている内、何も考えず、ただ足を一歩ずつ前に進めることに快感を覚えることがある。遍路が自己救済につながるのは、このようなウオーキング・ハイを体験できることもその一因かもしれない。

十一時三十五分、松山北中前を左折。ここで久々に道標を見た。〝太山寺一・七㎞〟。

そして、道標に従い、野の路・山の路をたどり、十二時、太山寺の一ノ門着。大体予定の三時間。そんなにのんびり歩いたつもりもないので、良いペースか？　そのまま本堂に向かうが、駐車場には石手寺と異なり、大型バスは〇台、自家用車も数台しか駐車していない。一三〇五年に建立された国宝の本堂前のベンチに腰掛け、コンビニで買った麦茶とおむすびで昼食。昼食をとりながら、本堂前を眺めていると、ひっきりなしにお参りの人（主に中年のカップル）がやってくる。ほとんどが上半身はそろいの白装束で、輪袈裟をかけ、金剛杖もついている。しかし、荷物を一切持っていないので、車で巡礼しているのだろう。約一時間ぼっと眺めていたが、歩き遍路と見えたのは、中年のおじさん三名だけだった。そういえば、石手寺から太山寺まで歩いている間も、歩いた道が案内書に書かれている道と違っていたこともあるかもしれないが、歩き遍路とは全く出会わなかった。

午後一時過ぎに本堂を後にし、ゆっくり歩いて降りて、約三十分かけ第五十三番札所円明寺に着いて、お参りし、すぐそばのＪＲ伊予和気駅から鈍行に乗り、松山に帰った。

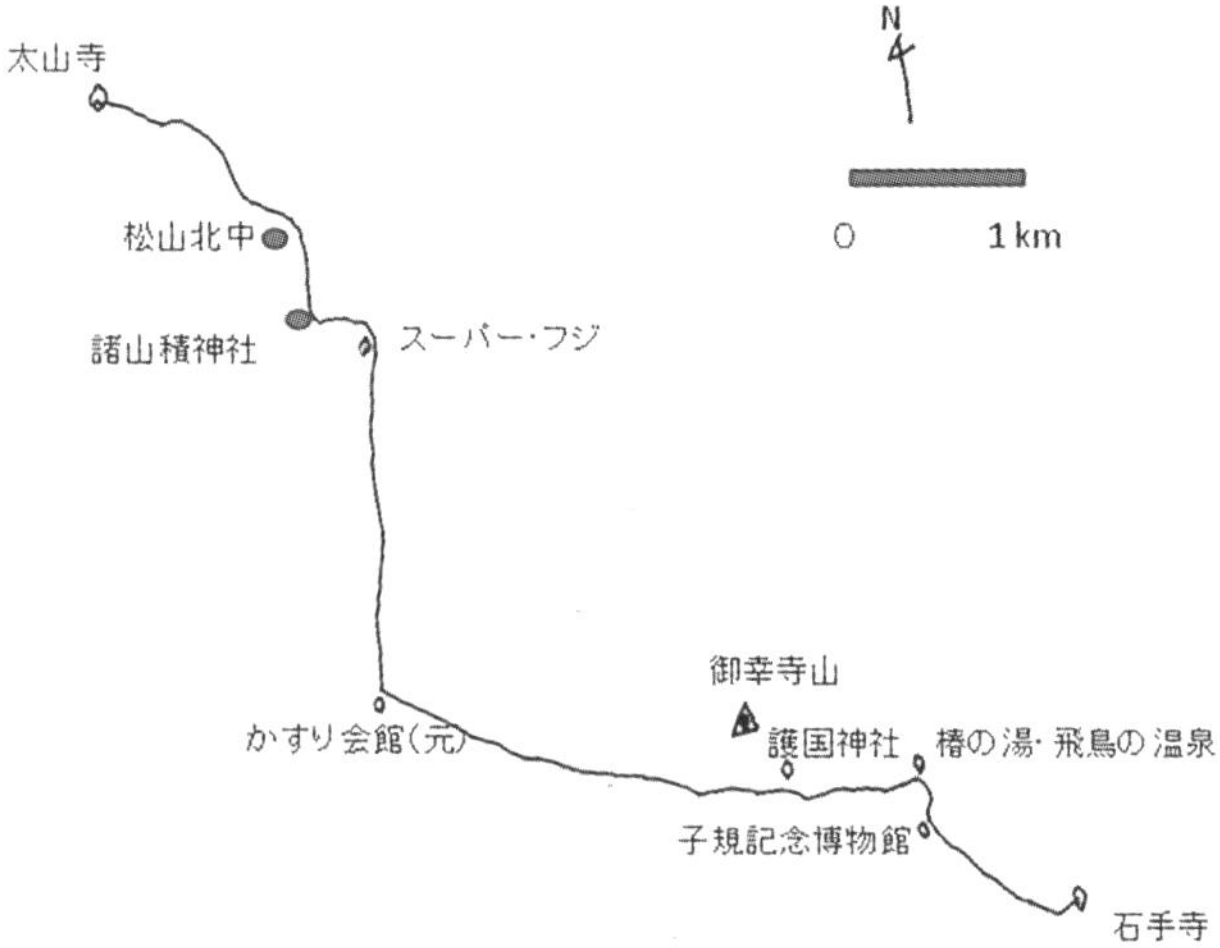
N
0
1km
太山寺
松山北中
諸山積神社
スーパー・フジ
かすり会館(元)
御幸寺山
護国神社
椿の湯・飛鳥の温泉
子規記念博物館
石手寺

太山寺本堂（国宝）

二番穂

稲刈りが終わり、一か月半経った田圃では二番穂が真っ盛りである。稲の切り株に育った、いわば、稲のヒコバエである。おもわず刈り取って、脱穀し、精米したくなる。戦前の南西諸島ではこの二番穂もきちんと収穫していたらしい。本土では、私の小さいころから、そのような農作業はなかった。緯度が高いと二番穂はほとんど中が空になり、実が取れないかららしい。

松山近郊でも二番穂は、田圃を耕し・漉き込むくらいがせいぜいの利用法らしい。ためしに、手折って稲の実の中身を見ると、たしかにほと

二番穂（穭稲）

んど空洞だった。

ちなみに、この二番穂には穭稲《ひつじいね》という名前もあり、稲刈りのあと穭が茂った田を穭田《ひつじだ》と言うらしい。

国際シンポジウム

十一月十四〜十五日、愛媛大学でG君とM君が主催する国際シンポジウム「赤潮と貧酸素水塊」が開催された。このシンポジウムは、人間活動の活発化に伴い沿岸海域に流入する窒素・リンが増加して富栄養化したために、植物プランクトンの異常増殖による赤潮頻発や、その死骸が下層に沈降することで分解して酸素を消費し、成層期に底層の酸素が欠乏して、底生動物や魚を大量死させる貧酸素水塊が発生する、という沿岸海域環境問題に科学者の立場からどのように対応するかを議論するために開催されたもので、中国・香港・タイ・インドネシア・日本の海洋学者約六十名が参加した。

十一月十四日（木）は、開会式の後の午前のセッションで、中国から三名の報告があり、愛媛大学のG君が東シナ海の栄養塩の挙動を起源（長江、台湾海峡、黒潮、大気）別に明らかにする計算結果を発表した。午後前半のセッションでは、台湾から二名の報告があり、次いで、西日本の有害赤潮経年変動が瀬戸内海区水産研究所のO君から発表された。

O君は私の九大での最初の教え子で、修士・博士課程を経て日本海の春季ブルーム形成機構に関する博士論文を書いた。その後、熊本県立大学・水産大学校の助手を経て、水産庁に研究職を得た。

午後後半のセッションでは、タイのA君がタイ湾の貧酸素水塊に関して報告した。A君も私の九大時代の教え子で、博士課程のみ在籍し、タイ湾の循環流の季節変動に関する博士論文を書いて帰国し、母校のブラパ大学の助教授になっている。その後、愛媛大学のM君がA君の観測結果を数値実験で再現し、タイ湾の貧酸素水塊生成機構に関する報告を行った。A君とM君は二〇一六年から、日本学術振興会の予算を得て、国際共同研究を継続中である。

最後に香港からの報告があり、その後、レセプションが行われた。

十五日（金）午前前半のセッションでは、インドネシアからの報告が三件あった。

二番目に発表したS君は、私が九大で修士・博士課程の面倒をみて、ジャワ島周辺の沿岸湧昇の研究で博士論文を書いて帰国し、インドネシア応用技術庁の部長職に出世している。現在インドネシアにおけるSatoumi運動のリーダー役を務めている。

午前後半は、東京湾・大阪湾・三河湾の報告があった。

午後前半のセッションでは、有明海の発表があり、次いで私が洞海湾における貧酸素水塊の消滅に関する報告を行い、愛媛大学時代の最後の教え子で、現在海洋コンサルに努めているT君が、大船渡湾の湾口防波堤再建工事で、防波堤下部に通水パイプを入れることにより、震災前湾内で発生していた貧酸素水塊が発生しなくなったことを報告した。

午後後半は、日本から三名の報告があった。

閉会挨拶を頼まれた私は、〝今回のシンポジウムは一人の発表・討議時間が三十分と、余裕のあるプログラムが組まれ、発表・討議のレベルが高く、非常に刺激になった〟と評価し、（一）今回の会議報告を学術雑誌に投稿すること、（二）このシンポジウムは非常に有益なので、今後二年に一度、中国・タイ・インドネシアで順番に同様な会議を開くこと、（三）貧酸素水塊研究には、物理・化学・生物研究者の協働による学際的研究（inter-discip inary study）が有益だが、今後は研究者・漁業者・行政担当者などの協働による超学際的研究（trans-disciplinary study）も行うこと、を提案した。後で聞くと、（一）と（二）は事務局ですでに実行することを決めたとのことだった。

十六日（土）は主に海外からの参加者のために、来島海峡・大山積神社へのバスツアーが行われた。

今回の国際シンポジウムで私を除いた発表者二十一名のうち六名が私の教え子だったことは、教育者としてはうれしい限りで、夜、家に帰ってからの晩酌がおいしかった。

東アジアの赤潮・貧酸素水塊に関する国際シンポジウム
集合写真

眠れない夜

週に一日くらい眠れない夜がある。しかし、退職前のように、〝明日は大事な会議があるので早く眠らないと困る〟とか、〝明日はやっかいな仕事を片付けてしまわなければいけないので早く眠らないと困る〟と思い悩むようなことはなく、そのうち眠くなるだろう、くらいに思って、気が楽である。

眠れなくて悶々としている時、枕元の目覚まし時計の秒針の進む音が耳につくことがある。普通に眠る時は全く気にならないのに、なぜ、眠れない時だけ聞こえてくるのか？　注意して聞いていると、実は秒針の進む音は常に出ている。自分が聞いているか、聞いていないか、だけのことに気付く。すなわち、他のことに気をとられ、考えごとなどに集中していると、音は聞いていないし、聞こえていない。しかし、そのような集中している事柄がなくなると、音が聞こえてくる。すなわち、音を聞いているのだ。

現代の日本の深夜は、ＮＨＫの「ラジオ深夜便」があるので、眠れなくても、気分的には随分と楽だ。民放の騒々しい深夜番組も若い頃は楽しめたが、年老いた今となっては聞くに耐えない。ＮＨＫアナウンサーのゆっくりとした落ち着いた声が今の自分の深夜にはふさわしい。面白いのは、いろいろな投書が番組内で頻繁に紹介されることだ。例えば三時～四時は「日本の歌・心の歌」のコーナーで、「平成二年のヒット曲」などが十数曲まとめて紹介されるが、後日（大体同じアナウンサーが二週間ごとに担当するので、後日は二週間後が普通）この放送を聞いた三十代・五十代・七十代のリスナーの感想が紹介される。三十代の人は〝生まれてなかったけど、この歌は大好き〟、五十代の人は〝学生時代によく聞いた歌です〟、七十代の人は〝カラオケでしょっちゅう歌っていました〟といった、それぞれ異なった感想が聞け、自分の感想と比べて、いろいろ思いにふけり、深夜にひとりニヤリとすることがある。

勉強会

十一月三十日（土）午後、愛媛大学で沿岸海洋勉強会が開かれた。この会は私が愛媛大学工学部海洋工学科沿岸海洋学研究室の教授の時に立ち上げた会である。海洋工学科は新設学科だったので、公務員・ゼネコン・海洋コンサルなど様々な分野に卒業生・修了生を送り込み、機会あるごとに彼らと会い、就職後の状況を聞いて、後に続く卒業生・修了生の送り込み先を考えていた。そのうち〝若い卒業生・修了生をリクルートしたいので、海洋工学科で会社紹介をさせて欲しい〟というOB・OGの声が多くなってきた。そこで、とりあえず自分の研究室だけでも、毎年OB・OGを呼んで、現役学生・院生との交流会を持とうと考えた。

会社や役所の仕事が比較的暇になる毎年一一月頃に半日間、OB・OGの発表（仕事内容、研究成果など）の後、夜に懇親会を設けて、OB・OGには学生・院生と直接会話ができるよう、学生には役所や会社の実情がわかるよう、に仕掛けた。この会は両者に好評で毎年続いた。しかし、私が九大に移った後、自然消滅してしまった。

ところが、数年前、在京のOBから、〝勉強会を復活して欲しい〟という声が神戸の私の元に届いたので、ちょうどOBとして愛媛大教授になったM君と相談して、二年前に勉強会が復活することになった。今回が復活三回目の勉強会となる。

最初に、ケーブルテレビ加入者の管理システムを考えついて、販売しているMo君（S62年卒）から会社紹介があった。続いて、大学事務員をしているO君（S63年修）から休日勤務の実態、国土交通省を定年退職して建設コンサルに再就職したH君（S57年卒）から仕事で赴任していた沖縄の社会特性、海洋コンサルに勤め管理職になっているT君（H5年卒）から今後の会社の採用人事方針、水産省の研究所で研究しているS君（H7年修）から水産資源量推定法に関する研究現状、NHKの番組制作をしているNHKエンタープライズに就職したMa君（H30修）からテレビディレクター業の実態、システムエンジニアのMu君（H27卒）からインターネット防御システムの最新技術紹介、海洋計測器を販売している会社に勤めるYa君（S63年卒）から様々な最新鋭海洋測器の紹介、があった。最後に現在の沿岸海洋研究室所属の講師Yn君から現在の研究室の研究テーマ、卒業生・修了生のここ三年間の進路先の紹介が行われた。

夜は大街道の居酒屋の大広間に約五十名の卒業生・修了生、現役の学生・院生が集まり、七時から九時半まで飲んで喋りあった。その後、多くのグループが二次会のために夜の街に散っていった。私にとっては、久々に会う多くの教え子の元気な姿や声に接し、豊かな気分の夜になった。

大陸移動説

小学生の時、ＮＨＫテレビで大陸移動説の簡単な実験を見て、えらく感動したことを覚えている。水槽の表面に木くずで大陸地塊を浮かし、その下に少し重いおがくずで海洋地塊を作り、水槽の下に設置した回転翼を回して、マントル対流を起こし、海洋地塊を水槽の中心部で沈み込ませる、という実験である。東大理学部教授（当時）の竹内均氏が解説をしていた。今でもかなり鮮明に覚えているのだから、相当感激したのだろう。そのおかげで地球物理学の海洋学を専攻したのかもしれない。

酒

酒に関しては小さい頃からいろいろな思い出がある。

最初の思い出は小学生の時である。担任の女の先生に連れられて、先生の下宿を夜訪問したことがある。その時、男女四人の大人で麻雀をやっていた。その中の一人の男の人が、コップに入った茶色い液体をゆっくりゆっくり飲んでいて、これには驚いた。私たち子供はコップ一杯の水でもジュースでもわずか数秒で飲み干してしまう。どうすれば、液体をあのようにゆっくり時間をかけて飲み、楽しむことができるのか、不思議で仕方がなかった。先生に聞くと、それはウイスキーという飲み物だった。今考えると、高いアルコール度で喉が焼けて、しばらく時間をおかないと続けて飲めなかったのかもしれない。

次は中学生の時である。テレビ番組で毎週やっていた〝保安官ワイアット・アープ〟

を見ていた。主演のワイアット・アープ役はヒュー・オブライエンだったが、脇役のドグホリデー（役者の名前は忘れた）が良かった。上着の胸ポケットにバーボンのポケット瓶を入れていて、事件が一息つくとそれを取り出してちびりと飲む。その仕草が何とも魅力的だった。自分も大人になったら、こんな風にして酒を飲もうと心に決めていた。

最後は大学生の時、下宿で、夜の深夜放送で、みなみ・らんぼう「ウイスキーの小瓶」を聞きながら、こんな風に酔っぱらいたいなと思った。

実際に酒のうまさを最初に知ったのは、中学生二年生の時で、父親と一緒に小船に乗り、一日中釣りに出かけて、帰宅してから、二人で釣って母親が料理した魚をおかずに、冷たいビールを飲んだ時である。乾ききった喉を過ぎるビールの苦さと爽やかさに感動した。しかしそれからずっと飲んでいたわけではなく、本格的に飲みだしたのは、大学一回生の歓迎コンパで飲んで以来である。

私はアル中（これは昔の言い方で、今は〝アルコール依存症〟と言うらしい）ではない。ものの本によれば、アル中とは酒を飲まないと仕事ができないとか、飲まないと他の人とうまく対応できない症状を言うらしい。私は酒を飲まない方が仕事は出来るし、他の人と会う時も酒を飲まない方がスムーズに会話が出来る。アルコール依存症の実態は、野坂昭如『妄想老人日記』に詳しい。

　私が酒を飲むのは昼食や夕食をおいしく食べたいからか、バスに乗って酒を飲んでリラックスし、豊かな発想をめぐらせたいからである。すなわちバス旅行のアルコールは豊かな発想・論理を生むための触媒である。飲むと言葉やアイデアが舞い降りてくる。これもアルコール依存症か？

里海交流大会

　十二月七日（土）、沖縄の恩納村にある沖縄科学技術大学院大学で、一八〇名が参加して、「里海交流大会in恩納村２０１９―〝沖縄の里海から〟世界一サンゴにやさしい島を目指して」が開かれた。この大会は昨年八月岡山県日生で「里海生誕二〇周年記念シンポジウム」が開催された折、〝このようなシンポジウムを一回切りで終わらせるのはもったいないので、何とか全国持ち回りで、続けて開催していこう〃という意見がでて、開催されたものである。

午前中の第一部は「海洋教育としての〃里海づくり〃を考える」で、岡山県日生の三十年以上継続している漁民によるアマモ場再生活動とそれを支える中学生・小学生・高校生による環境教育を通じての諸活動紹介、石垣島白保における白保魚湧く海保全協議会の活動紹介、恩納村漁協におけるモズク養殖と環境保全モニタリング活動紹介、沖縄科学技術院大学の学生による学内・海域環境保全活動紹介、が行われ、各報告者に恩納村漁協指導主事を加えたメンバーによるパネル討議が行われた。会場からは〃沖縄（琉球王国）には「海ほおぎり」という伝統的な海域環境保全の仕組みがあるので、それを元に里海づくりを行なって欲しい〃という意見が述べられた。「まとめと講評」を依頼された私は、〃環境教育に漁民への聞き書き活動を加えると、学生の一段高い理解が進むこと、基本的には〃関係の価値〃をみんなが最認識するような活動を続ける必要があるのではないか〃という指摘をした。

午後の第二部は「沖縄の里海から協働のあるべき姿を考える」で、沖縄の里海づくりの歴史・現状・課題の指摘、恩納村漁協主導のサンゴ礁保全活動紹介、アメリカ・コロンビア川流域のサケ認証制度の実際とその意義の紹介、沖縄・慶良間諸島における観光産業と環境保全の関連、石垣島白保集落でのサンゴ礁文化を大事にした地域づくり紹介、消費者が海域環境保全活動に取り組めるようにする生協の活動紹介、が行われ、発表者とモズクの加工業者が加わったパネル討議が行われた。この討議では生産者・加工業者・流通業者・消費者の緊密な協働作業により初めて里海創生が可能になることが強調された。

最後に、大会宣言を採択し、次回は来年秋に南三陸町の志津川湾で開催されることが伝えられた。

初めての里海交流大会の試みだったが、参加者がなんらかの刺激を得て、非常に有意義な会となり、来年の大会開催の楽しみが増した。

時間

「時間には、直線的に過ぎていく〝時の矢〟としての時間と、季節のように毎年、コンニャク芋のように二〜三年、ヒノキ材のように数百年、で〝循環する時間〟、がある。」と言ったのは、内山節『時間についての十二章』である。

この本の中で内山は、彼が毎年半年間住む、群馬県上野村の農民の話として、おもしろいエピソードを紹介している。「六十歳を過ぎたら、同窓会の雰囲気がコロッと変わった、のは不思議だった。直線的な時間世界で働いていた人々が、退職し、元気を失ってきて、循環する時間を過ごしてきた農民が、時に、彼らから羨望の目で見られるようになってきた。客観的・直線的な時間と関係を結んできた人々が、労働の中でその世界を断ち切られ始めた。直線的な時間世界が見せた脆さ、時間が人間を使い捨てた。その時、回帰し循環する時空に住む農民の方が、永遠性を見せ始めた」。

時間に関してもうひとつ思い出すのは、忙しかった三十歳の頃読んだ、ミヒャエル・エンデ『モモ』に出てくる〝時間泥棒〟の話である。ある町では、時間泥棒である灰色の男たちの口車にのって、大人も子供も、自分の持っている自由なゆとりの時間を〝時間貯蓄銀行〟に預けてしまい、一日の時間は食事・睡眠・労働など必要な時間だけに限られ、お金は儲かるが、次第にゆとりをなくしていく。子供達もみんなで集まって遊びを工夫するというような時間をなくし、お金を出して遊び方を教えてもらう（今のゲーム熱中に似ている）というような生活を送るようになる。モモという小さな少女の活躍で、時間泥棒の灰色の男たちが滅び、〝時間貯蓄銀行〟に預けられていた人々の時間がそれぞれ元の持ち主に返され、やっと大人も子供も昔のゆとりある生活に戻っていく。という話である。この本にえらく感激して、時間を大切にしなければいけないと思った記憶がある。

現役時代の自分は、基本的には直線的な時間の中で生きていたが、二種類の時間を持っていたような気がする。〝本気の時間〟と〝繋ぎの時間〟である。〝本気の時間〟は、論文を書いたり・研究発表したり・会議をしたり、などの仕事の時間である。〝繋ぎの時間〟は、〝本気の時間〟の合間の心や身体を休める時間である。それに対して退職した今は、〝本気の時間〟がないので、ある意味で言えば、すべての時間が、自分が何かを感じ、何かを思いつく〝繋ぎの時間〟になっている。

考えてみれば、私のかつての時間もある意味では循環していた。何か論文のテーマを思いつく。それを立証するための観測や実験を行う。関連する論文を読む。そして論文を書く。学術誌に投稿してチェックしてもらう。駄目ならまた直して投稿しなおす。これを繰り返してやっと論文が完成し、印刷されたらひとつの時間が終わる。そして、また次のテーマを考え、新たな時間が回りだす。この時間の単位はおよそ一年だが、速く終わることもあれば、あるテーマに数年かかることもある。さらに、同時にいくつものテーマを考えていることもあるので、ひとつが終わっても、別のテーマが頭を占めるようになり、完全に終わったという感覚はあまりなかった。

とにかく、退職して論文を書き続ける時間からは解放されたのだ。これからは、一方向に流れる〝直線的な時間〟をあまり気にしないで、何か大きなテーマを見つけて、その最終的な解明を目指し、繰り返し・繰り返し考える〝循環する時間〟を大切に生きていこう。つまり、ある答えを見つけたら、また最初から同じ問いに対して少し変えた方法で（ちょうど畑の作物の栽培法に工夫を加えるように）アプローチして、再び答えにたどり着き（収穫を迎え）、前回の答えと比較して、どちらの方法・答えがより優れているかを考えて、さらに新しい挑戦に向かうのだ。そのような〝循環する時間〟の中で行う〝余裕の研究生活〟で余生を送れたら、と思う。ひょっとしたら、この新しい方法で新たな学問が生まれるかもしれない。

年賀状

十二月十四（土）・十五（日）、二日かけて、年賀状二二〇枚の宛名を書き終えた。裏は今年出版した和書と英書の表紙写真を張り付けた原画をパソコンに取り込み、自宅のカラー印刷機で印刷したので、それほど手間はかからなかった。しかし宛名は全部パソコンに取り込む手間が大変なので、毎年、一枚一枚手書きしている。そうすると、正月と師走の二回しか読まない年賀状だが、一枚一枚読み返して、くれた人の顔や近況を思って、いろいろなことを考える機会になる。

二二〇枚の内訳は教え子、海洋学会関係者、大学・高校時代の友人、姉・弟を含む親族・・・であるが、毎年この時期にショックなことは喪中ハガキが相次ぎ届くことである。去年は二〇枚の喪中ハガキが届いた。去年まで、この数が増え続けていたので、今年はどうなるかと心配したが、十枚ですんで一安心した。喪中の理由は家族の訃報が多いが、中には直接の知り合いや教え子が亡くなったことを知らせる奥さんからの喪中ハガキが入っていて、驚かされることもある。

生まれて三十歳位までは文字を手で書くという作業に慣れ親しんでいたが、以降約四十年間、文字はパソコンで書き、書類はプリンターで印刷するという習慣に慣れてきたので、二〇〇枚余りのあて名書きは結構大変な作業で、毎年苦しめられる。何より忘れた漢字が増えていることに気づかされ、愕然とする。

前島密（一八三五〜一九一九）により一八七一（明治四）年にその基礎が築かれた日本の近代郵便制度のもと、明治二十年頃に年賀状交換の習慣は一般化したらしい。その後増え続けた年賀状の販売数は、スマホやメールによる謹賀挨拶などの普及により、次第に減少しつつあるということだ。

私は、正月三が日、炬燵で熱燗を飲みながら年賀状をゆっくり読む雰囲気が好きなので、年賀状交換を死ぬまで続けようと思う。

〝くらら〟開館

十二月二十一日(土)午後、ピクチャーブック・ライブラリー〝くらら〟が三津に開館した。この小図書館は、明治四十二年に建造され取り壊されそうになっていた古い蔵を、愛媛大学教育学部の地理学准教授Kaさんが買い取り設立したもので、蔵を大人向けの図書館〝くら〟とし、新設した板倉づくりの小さな建物を子供向け図書館〝いたくら〟として、開館した。絵本・漫画・写真集・画集など絵の入った本をそろえ、入館料無料・貸出しなしの図書館である。肝心の本は、すでにKaさんの知り合いや地元の有志の好意で約一〇〇〇冊が集まり、開架されている。

基本的には、月曜午後一時~五時と金・土・日曜午後一時~八時に開館、火・水・木は閉館である。私は土・日・月の一時~五時の当番(雇われ館長)となっている。金の一時~五時は、友人で一歳年下のKoさんが雇われ館長を務める。金・土・日の五時~八時は「くらら」の近所に住むKaさんが、大学から帰宅した後に館長を務める。この図書館には収入がないので、私もKoさんもボランテイアの館長役である。退職して暇で金に困ってはいないだろう、と思われている私とKoさんが、とりあえず、雇われ館長に選ばれた。私もKoさんも他人から思われているほど暇ではないので、金～月の開館がせいぜいで、その他の火・水・木は休館となっている。

　二十一日は鏡開きの後、午後一時と三時に餅蒔きが行われた他、夕方まで紙芝居や絵本の読み聞かせが行われ、約五十人の人が集まってくれた。しかし、この図書館を維持するためには、照明や冷暖房の電力費、冬季は部屋を暖めるストーブの灯油代が必要で、入館料無料のこの小図書館でどう賄っていくのかは大問題である。一度Kaさんときちんと話し合わないと、と思っている。

私設図書館〝くらら〟の〝くら〟（奥：二階が大人用図書館）
と〝いたくら〟（手前：子供用図書館）

二十二日（日）は、早速私が当番の日で、自宅から三十分歩いて、午後一時に〝くらら〟まで出かけ、カギを開けて、来館者を待った。開館してすぐに近所の中二の男子が訪れ、夕方まで漫画を読んで帰っていった。さらに小六の女子、小四の女子（いずれも近所）がやってきて、二時間程度静かに漫画を読んで帰宅した。その他、中年夫婦・主婦・宇和島から来た中年男性が、図書館の本ぞろいを確認するように見学して帰っていった。雇われ館長（当番）は連絡日誌をつけないといけないので、可能な限り来館者と会話し、どこから来たのか、何歳程度か、男か女か、この図書館に対する感想があれば、それらを記録することになっている。

夕方五時、一応の義務を終え、Kaさんに後を引き継いで、家路を辿る時はさすがにホッとして、少し疲労感が残った。なんとか過ごしやすい時間・空間をこの小さな私設図書館で提供できればと思っている。

冬至

十二月二十二日（日）、今日は冬至だ。昨夜、ラジオ深夜便で○時前〝明日の日の出の時刻〟を聞いていたら、〝札幌七時三分、仙台六時五十分。。。福岡七時十九分、那覇七時十三分〟と言っていた。南西にある仙台、那覇の方が、より東にある札幌、福岡より六〜十三分も日の出が早い。変だなと思って理屈を少し考えた。

太陽が南に下がっていることと、地球の曲率のせいで、札幌・福岡より南西にある仙台・那覇の方が日の出の時刻が早くなる。もちろん、太陽が北に上がる夏至(二〇一九年は六月二十二日）のころは札幌（三時五十五分）、福岡（五時八分）の方が仙台（四時十三分）、那覇（五時三十八分）より日の出の時刻が早い。

日の出が遅いおかげで、いつも起床する六時半に松山はまだ暗い。朝食も台所で灯りをつけたまま食べた。さらに、夕方十七時、散歩からの帰宅時には真っ暗だ。一年中で昼間の時間が最も短い冬至の日の夕方は、柚子湯に入って、夕食にはカボチャを食べた。

二〇二〇年　一〜三月

正月

　生まれてから七十一年、正月元旦（一月一日）は故郷・山口県徳山の生家で過ごしてきた。

　今年も元旦の朝、八時三津浜港発のフェリーに乗船、二時間半かかけて、対岸の柳井港に到着した。山陽本線の電車を約二十分待ち、三十分かけて下松まで行き、そこからタクシーで昼前に生家に着いた。

　生家では姉四人と弟一人が三番目の姉の旦那さん、弟の嫁さんと一緒に、私を待ってくれていた。私以外の姉達は皆、生家の近くに住んでいるので、元旦に遠くから生家に帰ってくるのは私だけである。弟夫婦の用意してくれた酒と肴を楽しみながら、昔話や〝死後の預金管理をどうすればよいか〟など様々な話題が続いた。

　私が小学校低学年の頃、父は田舎の小規模小学校の校長で、元旦に、学校の教員・職員約二十名を自宅に呼んで、お酒とおせち料理を振る舞う習慣があった。それぞれ八畳の広さの、上の間と寝間の間の襖が取り払われ、お膳と料理をならべ、それを前に客が並んだ。母や姉はその準備と当日の接待が大変で、よく不平を漏らしていた。それを毎年聞いていた私は、〝大きくなっても小学校の校長だけにはならない〟、と心に決めていた。

やがて、父は、街中の中規模小学校の校長となり、学校の教員・職員を呼ぶスペースがなくなって、このような元旦の習慣は消滅した。変わって、四人の姉の旦那さんがそろって元旦に年始に来て、父を中央にして並び、お膳のおせち料理と酒を楽しむのが習慣になった。さすが、この時には母も姉たちも不平・不満は言わなかった。しかし、三人の義兄が次々に亡くなり、この習慣も自然消滅した。

その後の正月は、大学に行った私が帰省するたびに、父と世の中の情勢をめぐる見解の衝突が起こった。母はどちらかというと私に賛成気味の相槌をうっていたが、父は真向反対で、完璧な保守派だった。このような会話が不得意な弟は早々に自分の部屋に戻った。姉たちはすでに家を出ていたので、今考えれば、わずかの間の親子三人の正月のご馳走風景だった。

私が松山に住み始めてからは、毎年孫の顔を親に見せるため、やがて、子供たちに両親・姉弟からのお年玉を貰わせるために、元旦には三津浜—柳井フェリーを使って帰省した。

そして、私が徳山に帰れないことがはっきりしてきたので、大阪の電気メーカーに勤めていた弟が徳山に帰って、ホテルのフロントマンとして再就職し、結婚し、父母の面倒を見てくれることとなり、生家もついでくれて、今日に至っている。

その父も平成九（一九九七）年に八十六歳で他界し、母も平成二十二（二〇一〇）年に八十九歳で他界した。その後も私は、毎年正月には生家に帰省を続け、今年八十六歳になる長姉、八十三歳の次姉、七十九歳の三姉、七十六歳の四姉、六十九歳の弟と会い続けている。一、二、四番目の姉の旦那さんは早くに亡くなり、三姉を除いて三人とも未亡人である。以前は小さかった姉弟の甥や姪も元旦には生家に集まっていたが、今はほとんどが独立して、東京や大阪に出ており、正月の生家にはめったにやって来ない。

父の最初の妻は五人の娘を生み、終戦真近の空襲警報時、生まれたばかりの五番目の娘を抱いて、生家から近所の山にある防空壕に逃れる途中で、生家のそばの国鉄の鉄橋に落とされた爆弾の破片が命中して、母娘とも戦死した。

戦後、娘四人を抱えて苦労していた父の元に、父と同じ小学校の教師だった十歳年下の私の母が嫁ぎ、私と弟を生んだ。

たっぷり飲んで、食べて、聞いて、しゃべり、お酒と料理を楽しんだ後、「初釜」

の和菓子「花びら餅」を食べて、抹茶を飲んだ。そして、弟の古希の祝いを今秋松山でやることを決め、正月の宴はお開きとなった。

夕方、四姉の車で、下松駅まで送ってもらい、逆のコースで三津浜港までフェリーで渡り、夜八時過ぎに松山の自宅に帰りついた。姉弟六人、未だ元気で、毎年会って、飲み食いし、おしゃべりが出来るということは、幸せなことではある。

査読

「Continental Shelf Research」（陸棚海域研究）というロンドンで発行されている沿岸海洋物理学の国際学術雑誌の編集部からメールで査読依頼が来た。私の知らない中国人の研究者が書いた〝タイ湾における北東季節風時の流動と水塊分布に関する論文〟である。すぐに〝審査する〟と返事した。一か月以内に、(一)掲載不可能、(二)

大幅な改訂後掲載可能、（三）少しの改訂後掲載可能、（四）このままで掲載可能、のどれかを判定して、編集部に審査結果を送らなければいけない。

二〜三年前までは、毎月のように国内外の学術雑誌の編集部から査読依頼が来ていた。研究者が自分の書いた論文を学術雑誌に投稿する場合、審査して欲しい人と、審査して欲しくない人を書いて、投稿しなければならない。投稿論文を受領した学術雑誌の編集委員長は、まずその論文の審査に適当な担当編集委員を決める。担当になった編集委員は著者からの査読候補者のリストと自分の知人の中から、この投稿論文の査読に最も相応しい二名を選んで審査を依頼する。審査の辞退者が出れば、代わりの査読者を探し、普通、担当編集委員を含め計三名で論文審査を行う。担当編集委員は査読者二名の判定結果を参考にして、最終的にその投稿論文の掲載の可否を決める。

私は頼まれた査読を断ったことはない。現役時代、計三〇〇本近くの和文・英文論文を発表した。これらの論文が印刷されるまでに、担当編集委員を含めると九〇〇名近い人の審査のおかげで、自分の論文が印刷・発行されているので、恩返ししなければいけないと思うからである。また、自分も国内外のいくつかの学術雑誌の編集委員を経験したが、担当編集委員になった場合、頼んだ査読者に審査を断られると、代わりを探すなど、後の処理が結構大変なのが分かっているので、なるべく担当編集委員に苦労させたくないからである。ちなみに編集委員はボランテイアなので、いくら手間暇かけても報酬は一切ない。

投稿された論文を印刷し、一週間かけて読み込んだ。読んでみると、タイ湾の流動に関する、私が筆頭著者の論文が二本、教え子の日本人が筆頭著者の論文が一本、二人のタイ人の教え子がそれぞれ筆頭著者の論文が一本ずつ、計五本の論文が引用されている。すっかり忘れていたが、私はタイ湾の流動や水塊分布に関する英文論文を五本も書いていたのだ。私が直接は知らない中国人の筆者が、これらの論文を読んで、私が査読者に適当だと考え、編集部に査読候補者として名前を知らせたのだろう。

また、この論文の元となる現地観測は、中国―ASEAN（東南アジア諸国連合）の協定による二〇一〇～二〇一三年の共同観測結果と二〇一八年の追加共同観測結果に基づいている。私が現役時タイ湾で観測していた頃は、日本―ASEAN、カナダ―ASEANなどの共同研究は行われていたが、中国人の海洋研究者の姿を見ることはなかった。近年急激な経済発展により中国は、東南アジアに対して様々な面（科学も含め）で投資を急増させている。共同研究のみならず、多くの留学生を受け入れ、母国に送り返して、中国との関わりを深めようとしている。このままだと将来の東南アジアの海洋学は、以前と大きく様変わりする可能性がある。

一週間後、二）少しの改訂後掲載可能、と結論を書き、説明不足・解釈不明点・英文の誤り、など改訂を要する箇所をA四・一枚分書いた指摘の文章を付けて、編集部に答えを送り、一仕事を終えた。

我と汝

最近、〝自分は一生かかって築いてきた人間関係を、より大事なものにするために生きているのではないか〟と思うようになってきた。仕事でのみ関係した人とは、仕事の関係上の価値しか生まなかった。人間関係の上で価値があった人とは、仕事上の関係がなくなっても、退職後も関わり続けて、より豊かな人間同士の関係価値を育て上げることが可能である。

すなわち、これは自分と人との関係が、我―汝、我―それ、の二種類に分けられるということではないのか。

大学時代、なんらかのきっかけでマルテイン・ブーバー（一八七八‐一九六五）の『我と汝』に熱中したことがある。

ブーバーは言う。〝世界は人間にとって、人間の二重の態度に応じて二重である。ひとつは「我―汝」で、もうひとつは「我―それ」である。「我―汝」は、世界と内的な関係を結ぶきっかけとなり、自然・動物・神、なんであれ、語り合う（対話する）ことで世界が開けていく関係で、いまひとつの「我―それ」は外的な関係、単なる経験である。ただ、「我―汝」、「我―それ」、は固定した関係ではなく、「我―汝」は容易に「我―それ」、に変化するし、「我―それ」も容易に「我―汝」に変化する。〟

このような立場からブーバーは断言する。〝「我」という存在は単独では存在できず、存在するのは「我―汝」の我か、「我―それ」の我だけである。〟

すなわち、今、自分が向かい合っている対象―自然・人・神―を単なる経験の相手として見るだけでなく、この対象が自分の生き方とどう関わっているのだろうかと捉え、対象と対話する姿勢、その態度が基本だとブーバーは言っている。

予算の獲得、人事の成功、論文受理・・・、それらは現役時代の私の大きな喜びだった。しかし、基本的にこのような喜びは、人間関係の価値とは無関係の価値だった。

人生は様々な出来事の積み重ねの歴史である。それらを全部踏まえて、今をどう生きるか、「我―汝」の関係をどう結ぶかが最大の課題である。

退職しても、今まで自分と人との間に築いてきた関係はそのまま残っている。大切な関係なら、今からもきちんと続けていかなければいけない。また、今も続いている関係なら相手から何か言ってくれば、なるべくすみやかに対応しなければいけない。

自分に残された時間の範囲内で、どの関係を最も大切に維持し、どの関係なら切り捨ててもよいかを適切に判断する必要がある。

孔子は〝五十にして天命を知り、六十にして矩を越えず〟と言ったが、自分の場合は天命は知ったつもりで、死ぬまで知を創造したい、つまり、自然の仕組みを解き明かしたい、という欲求を七十歳を超えた今でも抑えることができない。これは、六十を過ぎて矩を越えたということになるのだろうか？〝矩〟の意味は、普通〝決まり、掟、道徳〟などとされるが、〝知の欲求〟と〝矩〟は、両立可能か、不可能か、今のところ良くわからない。もう少し、考えてみよう。

水仙と菜の花

一月中旬、突然思い立って双海町に水仙を見に出かけた。五時半に起床し、六時過ぎに家を出て郊外電車に乗り、七時ＪＲ松山駅発の電車に乗って、七時四十九分に下灘駅に着いた。この電車に乗らないと、次は十時四十三分下灘着の電車しかない。昨晩の天気予報は午前中曇りで午後雨だったので、なんとか午前中に水仙を見て、昼までには松山まで帰ろうと考えたのだ。

伊予郡双海町下灘駅近傍は自生の水仙が群落を作っていて、線路脇の斜面で美しい花を咲かせていた。水仙と言えば、ナルシスト（自己愛の強い人）を思いつく。ギリシャの美しい青年ナルキッソスは自分を愛し過ぎて、妖精ニンフの求愛を拒み、泉の水面に映った自らの姿を見つめ続けて、最後は泉に落ちて死ぬ。ナルキッソスの死後に、泉の傍で水仙（学名：narcissus）が咲いたという。ナルキッソスの生まれ変わりという意味なのだろう。しかし、私には群生している水仙から美青年の姿を思い浮かべることは出来なかった。

また水仙と言えば、一九六四年にブラザース・フォーが歌った「七つの水仙（seven daffodils）」を思い出す。当時はアメリカン・フォークの全盛期で、自分でも英語の歌詞を覚え、大人になってからは、カラオケで少々カッコを付けて、歌詞映像を見ながら、英語で歌ったものだった。

駅や港の周辺の水仙を一通り見て、下灘駅まで帰ってきたら、まだ九時だった。松山への電車は十時三十分まで来ない。他に公共交通機関がないので、このままなら一時間三十分、駅で待つしかない。

下灘駅は、駅のホームのすぐ傍に海（伊予灘）が見える駅として有名で、かって「寅さん」を初め、多くの映画の舞台に使われた。さらに近年は、夏に駅のプラットフォームを舞台にした「夕焼けコンサート」も行われていて、多くの観光客を集

下灘駅付近の自生水仙群落

めている。しかし、この日は肌寒く、午前中の早い時間だったので、私の他、客もなく、このまま一時間三十分ポツネンとここで過ごすのも〝いかがなものか〟という雰囲気だった。そこで、一つ松山寄りの伊予上灘駅まで歩こうと考えた。電車の経過時間は十分足らずだったし、歩いても一時間程度で着けると考えたのだ。

　歩き始めると快適だった。左手に伊予灘が拡がり、海岸に打ち寄せる波の音が聞こえ、車道と分離された歩道をゆっくりと自分のペースで歩く。時々猛スピードで走り去るダンプカーや大型トラックの音が気になるが、それを除けば、すこぶる快適な散歩だった。さらに、途中で線路の斜面に一面満開の菜の花を見つけた。まだ大寒にもなっていないのに、ここはすでに春満開である。突然なんとなくうれしい気分になってしまった。

下灘駅と上灘駅中間にある自生菜の花群落

思い立って、水仙を楽しみ、そのついでに、菜の花も愛でる。これこそ退職老人の特権だと思った。

ところが、良いことばかりではない。見通しが甘く、歩けど歩けど上灘駅に至らない。十時三十七分発の電車に乗り遅れると、次の十三時十分発まで二時間半も待たなければいかない。晴れていれば海岸などを散歩し、時間はいくらでもつぶせるが、雨が降ればどうしようもない。やっと上灘駅の道案内が見えた時にはすでに十時十五分は過ぎていた。それから足を速めて、必死で駅にたどり着いた時刻は十時三十五分。十時三十七分の発車時刻二分前だった。いろいろ心配したが、杞憂に終わり、松山行きの電車に乗れてほっとした。

松山駅でゆっくり昼食を済ませ、午後一時過ぎ無事自宅に帰りついたすぐ後から雨が降り出した。最近の直近の天気予報の精度は向上している。

日韓セミナー

第一六回日韓海洋科学セミナーが一月二十～二十一日、約五十名が参加して、宮崎のシーガイアで開催された。このセミナーは、済州島生まれで一九四八年の済州島四・三事件の際に家族全員で来日し、日本に帰化し、その後九州大学応用力学研究所教授となった韓国人のYさんが、友人の韓国人海洋学者と一緒に、二〇〇五年に対馬で第一回を開催して以来、日韓交互に毎年開催されてきた。Yさんは私より一歳年長で、七年前に九大を定年退職した。私は第三回から、六年前に退職するまで毎回参加してきた。退職した後は欠席していたが、今回は、昨年韓国登山で世話になったSさんの退職記念を兼ねているという事で、久々に参加した。

初日の午前中前半は、まずSさんが招待講演として、日本海南西部ウルン海盆の暖水渦特性に関する彼の研究成果をまとめて紹介した。その後、日韓の修士・博士課程学生が研究発表を行った。午後前半は、もう一人の退職者、韓国海洋研究所のKさんが東アジアの海面水位変動予測に関する招待講演を行った。続いて、日韓の若手研究者が研究発表を行った。夜は懇親会が行われた。

二日目前半は、引き続き、日韓の若手研究者が研究発表を行った。後半は老人の招待講演が続いた。東大のY教授、韓国ヨンセイ大学のN教授、九大のM教授、韓国インハ大学のS教授が発表した後、最後に私が「Satoumi における関係価値」に関する話題提供を行った。私の発表に対して、日韓の参加者から、「アマモと養殖カキの win-win 関係とは？」、「牡蠣殻を田圃に漉き込むと何故コメの味がよくなるのか？」、「satoumi 創生に対する市役所や県庁の対応はどうか？」、という質問が出た。

正午に予定通りセミナーを終了し、参加者はバスで彩の吊り橋見学に出かけた。

私は翌日東京での別の会議に出席するために、一人宮崎空港に向かい、夕方の飛行機で羽田に飛んだ。

今回のセミナーで印象的だったのは韓国の修士・博士課程学生のレベル向上である。このセミナー発足当時の彼らの研究発表の中にはかなりレベルの低いものもあって、少々ガックリすることもあったが、今回そ

第16回日韓海洋科学セミナーの参加者（最前列右から5人目が筆者）

のような発表は皆無だった。韓国の海洋科学のレベルが上がってきたということだろう。また、日本の学生の発表レベルも高かった。そのことを今回のセミナーの世話人、九大応用力学研究所のH教授に伝えると。「レベルの高い学生しか連れてきていません」との事だった。先輩教授としては頼もしい限りの返事で、うれしかった。

ジ・アース

一月二十五日（土）午後、愛媛県立美術館講堂で、フォーラム「ジ・アースが目指したもの：君は忽那修徳を知っているか？」が開催された。『ジ・アース』は松山市でフリーカメラマンをしていた忽那修徳氏が一九八九年一月に創刊した、隔月刊の愛媛地域文化雑誌である。一九九五年五月に忽那氏が急逝し(心筋梗塞:享年四十六歳)、同年十一月に有志により出版された四〇号で終刊した。

この本は美術・建築・文学・民俗学・歴史・美学・境界領域を含む幅広い分野の地域文化を全国に発信すべく出版された。〝ジ・アース〟は〝接地線〟を意味し、忽那氏の〝地に足を踏まえた取材姿勢〟を表している。私は一号から四〇号まで「景観論」を連載した。

フォーラムの第一部は、私も含めた、ジ・アースの執筆者五名が一人六分ずつ、忽那氏や執筆当時の思い出を語った。私は「景観論」を連載するに至った経緯、二十一年ぶりに松山に帰ってきて同じ年の忽那氏と飲むのが楽しみだったのに・・・、今後『ジ・アース』のような本が松山で復刊できたら・・・、というような話をした。第二部は出版・図書館・博物館・教育など六名の関係者が、『ジ・アース』の提起した課題を今後どう受け継いでいくのか、という課題に対して一人十分ずつ語った。その後、会場の参加者も含め、現在の出版状況の困難さ、愛媛・松山の現在の文化状況、などに関する議論が行われた。会場は五十名以上の参加者で一杯となり、立ち見の人も出る盛況だった。『ジ・アース』を直接は知らない若い人も何人か参加していて、忽那氏の残したものは確かに今も引き継がれているという実感がした。最後に忽那夫人がお礼の挨拶、『ジ・アース』のデザイン・レイアウトを担当した友人のイラストレーターT君が閉会の挨拶をして、フォーラムは終了した。

フォーラム終了後、古い友人数名と夜遅くまで飲みながら、忽那氏の思い出話をしたが、話はつきなかった。

暖冬

暖冬である。ニュースでは、今日（一月二十七日）も雪が降らなかったら、六十六年ぶりの記録更新だと言う。一八九一（昭二十九）年一月二十六日に初雪が降ったのが、松山では今までで一番遅い初雪とのこと。松山の初雪の平年日は十二月二十一日だから、通常年末には初雪が舞っていた。大寒を過ぎ、立春がすぐの今日は、雨と曇りが半々で天気の悪い日だったが、雪の舞う気配はなかった。

明日から今後一週間の天気予報でも、雨は降るが、雪の予報は全く出ていない。四国南方の海面水温が高く、偏西風が北上していて、寒気が南下しないことがその主因とのこと。地球温暖化のひとつの表れである。多分、このまま雪は降らず、松山では一八九一（明二十四）年の気象観測開始以来初めての降雪日なしの冬となるのではないか？（実際には一月三十一日朝八時過ぎ、初雪が舞って、松山地方気象台は松山の初雪を発表した。天気予報の精度もまだまだだ。）

一方、わが家の庭の白梅は三分咲きで、可憐な花を咲かせている。また今日は、私設図書館「くらら」への登館日だったが、「くらら」の蔵の前の桜（寒ざくら）も今日一輪咲いていて驚いた。花の周囲の蕾はふくらんでいるので、一週間も過ぎると見頃になるだろう。梅と桜の花見を同時にできる可能性が出てきた。

我が家の庭の三分咲きの白梅（上）、
「くらら」の蔵の前の一輪の桜（下）

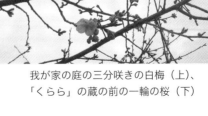

雪といえば、新沼謙治「津軽雪女」の歌詞を思い出す。大倉百人の詩だが、「・・・・津軽には七つの雪が降るとか、こな雪・つぶ雪・わた雪・ざらめ雪、みず雪・かた雪・春待つざらめ雪・・・・」。大雪と寒さに悩まされる雪国の人々の、雪に七種類の見立てを行い、〝なんとか楽しみを見つけて、自然とうまくやっていこう〟という意思の表れだろう。

ヘウレーカ

教え子のI君から「二月五日22：00～22：45、NHK・Eテレの〝又吉直樹のヘウレーカ〟に出るから、見て下さい。」というメールが来た。この番組は又吉直樹がホストの教養バラエティ番組で、〝ヘウレーカ〟は〝わかった〟という意味。古代ギリシャのアルキメデス（BC二八七～二一二）が風呂で「アルキメデスの原理」を思いついた時、〝ヘウレーカ〟と叫び、裸で走り回った、という故事にちなんでいる。

I君は愛媛大学海洋工学科の九期生で、私の研究室に入り、「東京湾口の熱塩フロントの観測」で卒論を書き、それを数値モデルで再現して修論を書いて、東京の海洋コンサルタント会社に就職した。彼の修了した二年後に、下関の水産大学校T教授から「助手が一人採用できることになったので、弟子を一人送ってくれ」という依頼があったので、東京に行き、I君の上司に頭を下げて彼を引き取り、下関に送り込んだ。助手になった二年後、I君は会社の同僚だった奥さんと結婚し、私達夫婦が仲人を務めた。I君はその後、順調に論文を書いて、T教授が亡くなった後、九州大学総合理工学府の助教授に転任した。さらにその後、愛媛大学沿岸環境研究センター教授になり、私が九州大学を定年になった二年後、九州大学応用力学研究所教授に転任し、現在に至っている。

彼は九州大学助教授時代から海岸の漂着ゴミに興味を持ち、海岸に漂着した使い捨てライターの住所から漂流源を突き止め、正確な海流の知識を元に、漂流源と漂着海岸を結ぶ漂流経路を正確に推定する数値モデルを作り上げた。そして、その研究を発展させ、近年は漂流マイクロプラスチック（直径五ミリ以下の微小なプラスチック破片）の挙動と将来予測分布に関する研究を展開し、多くの論文を発表して、この分野の世界的権威となり、二〇一九年には総理大臣賞「第一二回海洋立国推進功労賞」を受賞した。

二月五日の番組のタイトルは〝プラスチックがどうにも止まらない〟というもので、まず海のプラスチックを運ぶ海流の解説から始まった。海流を作る力には三つの力がある。ひとつは海面を吹く風の力、ひとつは赤道付近の暖かい軽い海水と北極・南極付近の冷たい重い海水との間に働く圧力、最後は地球自転のために働くコリオリ力である。初めの二つの力は視聴者にも分かりやすいが、フランス人の物理学者コリオリ（一七九二―一八四三）により発見された、コリオリ力は分かりにくいので、回転水槽実験による説明が行われた。説明に用いられた回転水槽は、私が九州大学応用力学研究所に赴任した時に制作したもので、久々に見て懐かしかった。モーターの上に乗せた反時計回りに回転する円盤上（北半球を想定している）の水槽に塩水を満たし、水槽の淵から色素で着色した淡水をゆっくり注入する。水槽が回転していないと、着色された淡水は注入点から放射状に拡がるが、回転していると、淡水は一定の距離まで放射状に広がった後、それ以上は広がらず、半円形の拡がりの右端から水槽の壁を右手に見て、ゆっくり帯状に広がりだす。この水が流れる方向の右手に向かって淡水を壁に張り付ける力がコリオリ力である。北半球の地面は反時計回りに回転しているので動く海水の右手方向にコリリ力が働くが、時計回りに回転している南半球では、進行方向左手に向かってコリオリ力は働く。

以上の三つの力の働き具合により黒潮・親潮・対馬暖流・・・。などの海流の特性やその変動機構が決まるので、それがきちんとわからないと、海洋プラスチックの挙動予測は正確には出来ない。そこで一段落して。又吉がI君に「何故海流の研究をしようと思ったのか？」という質問をした。すると、突然テレビの画面が愛媛大学沿岸海洋学研究室の海洋観測・ソフトボール・コンパ風景の写真に切り替わり、最後に私とI君が向かい合って、楽しそうに酒を飲んでいる場面が大写しになり、私の名前と九州大学名誉教授という現在の肩書が字幕に出て、I君が「自分の学生時代、師匠が実に楽しそうに学問をされていたので、自分も海洋物理学を研究すれば、このように楽しい人生を送れるかもしれないと思ったから」と答えた。私はこのような感想を初めて聞いたので驚いた。しかし、自分の愛媛大学在職当時の研究生活が、教え子にこのように受け止められていることを知って、うれしかった。

それから番組は、実際のマイクロプラスチックの海洋での輸送・砕片化・生物取込み・沈降・堆積・・・などがどのような過程で起こっているのか、何が分かっていて、何が分かっていないのか・・・。などの解説があり、現在、細かくなっていたマイクロプラスチックの大部分が未だ行方不明なので、それをきちんと突き止めることが最大の研究課題だということをI君が強調した。

最後にI君は、「自分の現在の研究は理学と工学の間を埋めるような仕事だが、これは又吉さんのお笑い芸人と作家の間の仕事と共通点があるかもしれない」と指摘し、又吉氏もその指摘に頷くという場面が、番組のオチとなった。

沿岸海洋一期生

二月九〜十日、愛媛大学工学部海洋工学科沿岸海洋学研究室一期生の同窓会が山口県北西部の角島で行われた。海洋工学科一期生は一九七四（昭四九）年入学の五十人で、そのうち十人が、一九七七（昭五十二）年四月に私の所属する沿岸海洋学研究室に配属された。現役の一期生は私の六歳下である。

私は、京都大学理学研究科修士課程を修了し、一期生の入学する一九七四年四月に新設された愛媛大学工学部海洋工学科助手に採用され、京都から松山に移り住んだ。就職した年は一期生の入学時で、新入生歓迎旅行に付き合う以外全く仕事がなかった。そこで、修士課程を終えたばかりの私は学位論文作成に没頭した。翌年も仕事はなく、学位論文作成に励み、修士課程を終えて四年後の一九七八年三月には、京都大学理学博士号を得ることができ、四月から講師に昇任し、沿岸海洋学などいくつかの講義を担当することになった。

当時、研究室のスタッフは、私を愛媛大学に呼んでくれたH教授と講師の私の二人きりだった。H教授は大阪・枚方の自宅からの通勤生活で、月曜午前中に伊丹から飛行機で松山にやってきてホテル住まい、金曜夕方に枚方に帰るという生活パターンだった。したがって、十人の学生の卒論は私一人で面倒みることになった。さすがに十の研究テーマを一人ではこなせないので、五つの研究テーマを二人一組でやらせることにした。そうすると、ものの見事に、それぞれのテーマで主にやる子と後をついてやる子に分かれた。一応卒論はそれぞれ完成し、十人とも就職も無事決まり卒業していったが、卒論は必ず一人一テーマやらせなければいけないという教訓を得た。

幸い、一九七八年の十二月には新しい助手として、京大理学部海洋学研究室から二年後輩のTa君が赴任したので、翌年からは、沿岸海洋学研究室の配属生十人を、Ta君とそれぞれ五人ずつ受け持ち、卒論も一人一テーマで行うことができるようになった。

この一期生同窓会は、私の還暦の年、関西の海洋コンサルに勤めるTh君が世話して、有馬温泉で一期生九名（T市役所に就職した一名だけは卒業以来現在まで連絡がとれない）が集まってお祝いをしてくれた際、今後は一期生の世話役持ち回りで、同窓会をやろうという事が提案された。その後、一期生の現在の居住地に応じて、鹿児島・指宿、鳥取・境港、神奈川・箱根、広島・宮島で開催されてきた。

今年は北九州市に住むY君が世話人となり、二月九日（日）午後1時、小倉駅前に集合し、Y君の車とレンタカー一台に一期生八人、当時の助手で現在愛媛大学南予水産研究センター長のTa君、私の計十人が分乗し、出発した。

門司の和布刈神社を見学し、関門海峡大橋を渡り、壇ノ浦・赤間神宮を見学した後、山口県北西部の長さ約二キロメートルの角島《つのしま》大橋を渡って、角島灯台を見学し、この日の宿泊先、西長門リゾートホテルに到着した。温泉でのんびりして、宴会場で今回の同窓会のメインイベント「河豚刺し（山口県ではフグではなくフク）」を堪能した後、今回が同窓会初参加だったTa君の近況報告に続いて、参加卒業生全員の近況報告があった。八人中七人は、一度は定年退職したが、定年延長・再雇用などで、現在も働いているとのことだ。一人は四年前に前立腺ガンが見つかり、退職後はのんびりしているとのこと。私は昨年三月完全退職して松山に帰り、現在は読書・散歩を楽しんでいることを報告した。宴会終了後、さらに宿泊の一部屋に全員集合して午後十一時時過ぎまで飲みながら歓談した。

翌十月十日（月）は朝九時にホテルを出発し、最近山口県が観光開発に力を入れている長門市の元乃隅《もとのすみ》稲荷神社を見学した後、蛍街道西の市で休憩。その後、北九州市門司区のY君の自宅でコーヒーと大福をご馳走になり、門司港レトロ地区でビールと焼きカレーの昼食を済ませ、次回は天草に住むM君が世話して熊本・天草で開催することを決め、午後二時過ぎ小倉駅前で解散した。参加者みんなが大満足の同窓会だった。

“くらら”反省会

二月二十六日（水）午後五時半―八時、開館後約二か月経過した〝くらら〟で、オーナーのKaさん、雇われ館長の私とKoさん、私とKoさんが不在の時、臨時館長をしてくれるN・R・Sさんの計六名が集まり、反省会を行った。

　この二か月、平均すると毎日七～八名の来館者があり、特別なもめ事もなく、順調な運営だったという事をまず確認した。

　次に話題となったのは、「現在〝貸し出しなし〟としているが、利用者からは貸し出し希望が多いことに対してどう対応するか」ということだった。これに関して議論の上、「中学生以上は一人一〇〇〇円の年会費で住所・連絡先登録をしてもらい、会

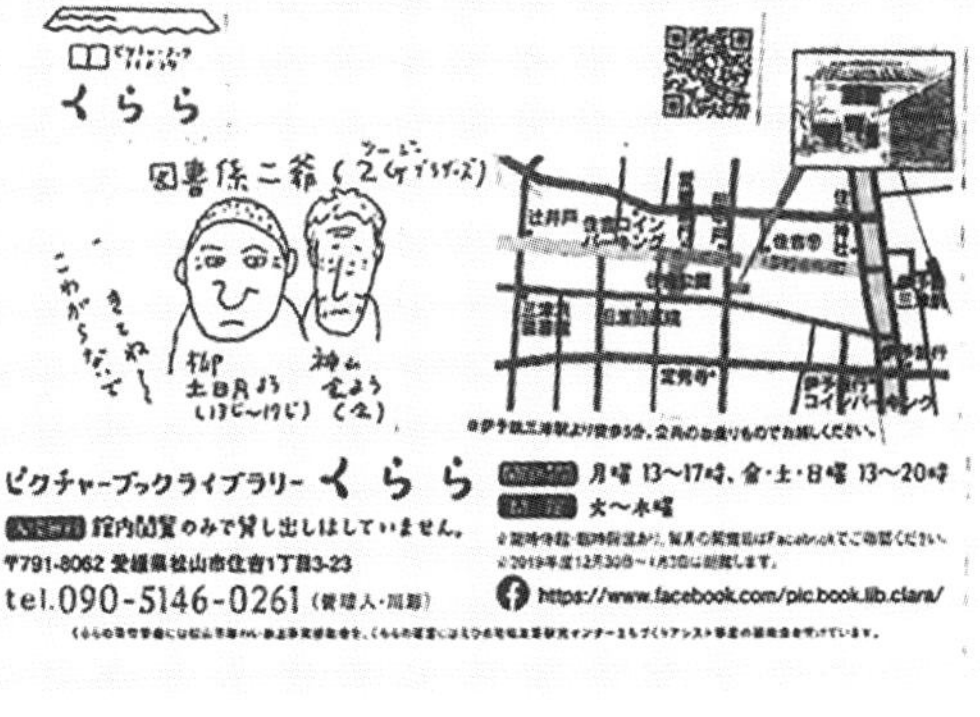

Koさんが作った〝くらら〟の宣伝ビラ

員に限って一人三冊二週間の貸し出しを認める」ということになった。「小学生に関しては親の会員資格で貸し出しを許可する」。さらに貸し出し・返却作業を容易にするため、「会員は自らの貸し出しカードに住所・連絡先を書き込み、貸出時にそのカードに〝貸し出し本名・著者・貸し出し日付〟を書き込んで本を借り出し、返却時に自らそのカードに返却日を書き込んで本と共に、館長に返却するという手続きにした。

さらに、「今は、館の照明・暖房の電気代、ストーブの灯油代、がオーナーの個人負担の状況なので、このままでは持続可能な図書館運営は不可能」という意見が出た。これに対しては、「現在〝くら〟の一階はテーブルをおいて近所の知り合いが談笑するための交流スペースにしているが、ここで、コーヒー・紅茶・日本茶を有料で提供し、館の運営費の一部にあててはどうか」という意見が出た。なお、〝くら〟の二階に関しては飲食物持ち込み禁止とした。

また、「〝くら〟の一階のスペースをイベント会場として有料で開放し、館の運営費の一部にあて、しばらく様子をみる」ということになった。

以上の三点の改善策でどの程度〝くらら〟の運営費が稼げるか、楽しみな次の二か月となる。

関わりの価値

二〇一一年の東日本大震災・大津波以後、〝絆〟の大切さが強調されるようになった。いざという場合、最後に頼りになるのは、〝金〟ではなく〝人間関係〟ということだろう。しかし、非常時のみならず、日常生活においても〝人との関わりをどう持つか〟が、〝生きていく上では最も重要なこと〟のように思える。

特に最近、何も買いたいものがない時代となり、どのような人とどのような関わりを維持して生きていくかが最も価値あることになってきたのではないか。社会学の分野でも〝関わりの価値(Value of Relevance)〟が、経済的価値と並んで、取り上げられるようになってきたそうだ。

関係に関しては、人間と自然との間に望ましい関係を打ち立てることも重要である。人間は自然に支えられて生きているから、自然と共生できるような暮らしの仕方を、我々人間が考え、実践していかなければならない。次に人間同士の関係である。お金にも名誉にも関心はないが、〝ある人との関係や、ある人々との日々の暮らし方に、幸せを感じる〟という人は存在する。

人間関係の基本は、まず、挨拶である。〝こんにちは〟と言えば〝こんにちは〟と返事が返ってくる。その気持ち良さを、うまく表現したのは、俵万智『サラダ記念日』の短歌　〝「寒いね」と話しかければ「寒いね」と答える人のいるあたたかさ〟である。また、人と分かちあえば〝悲しみは半分、喜びは倍〟は、人との関係の豊かさを表す表現のひとつだろう。

人との良い関係は、その人から良い刺激を受けることが出来ることにもある。もちろんその場合は、自分も相手に何らかの良い刺激を与えているはずである。つまり、良い関係は、必ず、一方的ではなく相互的である。

このような人と人の良い関係は、人間と自然にもあてはまる。人間は豊かな自然から豊かな心を受け取る。豊かな人間は豊かな自然を維持する手助けをする。

現役で研究していた頃、研究に行き詰ると、親しくしていた漁師の顔を思い出して、頑張ろうと思ったことがあった。播磨灘の赤潮発生機構を研究していた時である。播磨灘のシャトネラ赤潮は当時頻発していたが、夏季に発生する年と発生しない年がある。最初は春から夏への水温の上がり方がその違いを決めているのではないかと思って、十数年間の播磨灘の水温データを集め、発生・非発生年の変動を比較したが、顕著な違いは見いだせなかった。その他、河川流量の経年変動も比較したが、顕著な違いはなかった。さらに日射量の経年変動も比較したが駄目だった。植物プランクトンの発生・増殖に関わりそうな、考えられる要素はすべて試したが駄目だった。

ここで研究は行き詰った。しかし、播磨灘の知り合いの漁師を思い、これを考え付いたら、彼はきっと喜んでくれるに違いないと思って、彼の顔を思い浮かべながら考え続けた。そして、やっと思いついたのが、植物プランクトンの元になるシスト（休眠胞子）の発生・増殖状況を調べるというアイデアだった。前年冬季の瀬戸内海における季節風の強さと当年初夏の播磨灘における水温成層度という二つの要素と、夏季のシャトネラ赤潮発生年の相関をとると、見事に当たった。冬季の季節風（大阪と下関の平均気圧差で表した）が弱く、初夏の播磨灘の水温成層度が小さかった夏季に、播磨灘のシャトネラ赤潮は発生していたのである。すなわち、冬季の季節風速が弱いと、瀬戸内海を西から東に流れる通過流が弱く、播磨灘内で夏季に作られたシャトネラのシストが灘内に多く残る。そして、翌年の初夏の水温成層度が小さいと、シストから発芽し水中に漂う植物プランクトンが、底層から供給される栄養塩を吸収しやすくなり、増殖して、夏季に赤潮を形成するのである。

早速、この内容を英語論文として学術雑誌に発表した。播磨灘赤潮訴訟の際には、原告の漁民側証人となった私の尋問の際の証拠としてこの論文も採用され、漁民の役に立つことができた。漁師と私の関わりがこの学術論文を完成させ、裁判の場で役にたったのである。

播磨灘赤潮訴訟の経過は以下のようである。一九七二（昭四十二）年八月に播磨灘全域で大規模なシャトネラ赤潮が発生し、灘内の養殖ハマチ一、四〇〇万尾を中心に、大量の魚が斃死して、約七一億円の漁業被害を生じた。直接の影響としては、この赤潮被害を契機として、一九七三（昭四十八）年に瀬戸内海環境保全臨時措置法（五年後、特別措置法になる）が制定された。

この漁業被害を受けて、一九七五（昭五十）年一月に播磨灘南部・徳島県北灘のハマチ養殖漁民四二名は訴訟を起こした。さらに、一九八二（昭五十七）年に香川県引田のハマチ養殖漁民七二名も同様な訴訟を起こした。両訴訟は合同して、高松地裁で争われることになった。漁民の訴状の内容は、（一）赤潮による漁業被害約四〇億円を保証すること、（二）赤潮発生の原因となる窒素・リンの排出を差し止めること、で被告は国・兵庫県・岡山市・高松市と播磨灘北岸で窒素・リンを排出している新日本製鉄・神戸製鋼・製鉄化学・多木化学・日本触媒・ダイセル化学・出光興産・鐘ヶ淵化学・武田薬品・関西熱化学の民間十社である。

裁判は約十年続き、一九八五（昭和六十）年、裁判所の調停により被告・原告の間で、（二）民間十社は約七億円の見舞金を支払う、（二）国・兵庫県・岡山市・高松市・民間十社はそれぞれの立場で播磨灘の海域環境保全に努力する、という条件のもと和解が成立した。

原告側証人として裁判の席に立った私は、原稿側の代理人である弁護士に問われるまま、（一）播磨灘北岸で排出された窒素・リンは東西に流れる潮流で拡散されながら、平均的には、播磨灘に存在する灘北部の時計回り、灘南部の反時計回りの残差流（平均流）により播磨灘南部に輸送され、灘南部で赤潮を発生させる、（二）夏季、播磨灘の赤潮が発生するか否かは、前年冬季の北西季節風の強さと当年初夏の灘内の成層度の強さにより決まる、ことを証言した。

もちろん、人や自然との関係だけでは、人は生きていけない。しかし同様に、お金だけでも生きてはいけない。〝関係〟は〝金〟と同等の価値を持つ。

デカルト（一五九六〜一六五〇）は

〝我思う、ゆえに我あり〟

と言ったが、私は
〝我関わる、ゆえに我あり〟
と言いたい。

新型コロナウイルス

二月二十七日（木）安倍総理大臣が突然、〝全国の小・中・高校は三月二日（月）から約一か月間一斉休校して欲しい〟という要請を行ったので、二月二十八日は全国で大騒ぎとなった。私の地元の愛媛県知事はこのような唐突な指示には従えないので、愛媛県の学校休校は水曜日（三月四日）から行うと発表した。さらに金沢市・石垣市の市長は休校しないと、総理大臣の要請に拒否声明を出した。公立の小・中・高校運営の直接管理責任は県・市・町・村などの地方自治体にあるので、このような反応はある意味では当然である。

さらに二月二十八日（金）、国内で感染者数増加割合が最も高い北海道では、知事が道民に「今週末は外出を控え、ウイルス蔓延防止に協力して欲しい」という異例の行動制限要請を行った。

そもそも今回の騒ぎは、中国湖北省武漢で昨年十二月に新型コロナウイルスの集団感染が起こったことに端を発する。その後、韓国・イタリア・イランなど世界各地で新型コロナウイルス感染者数が増加し、日本では感染者が乗船していた国際クルーズ船ダイアモンド・プリンセスが二月四日横浜に寄港したことをきっかけに大騒ぎになった。

三月一日現在、クルーズ船を除く日本国内の感染者数は約二五〇名、死者数は六名だが、日本国外四十か国で、感染者数は約九万人、死者数は約三千名を数え、パンデミック（世界的大流行）寸前である。

三月一日まで感染者数〇だった愛媛県でも、三月二日朝八時半に知事が記者会見して、「愛南町で大阪のライブに参加していた四十代女子会社員が感染している」と発表した。なんとなく自分には直接関係ないと思っていた新型コロナウイルス感染事件がいきなり身近になった気がした。

そこで私は、早速〝くらら〟のKa・Koさんに、「学校が休みになり、小・中・高校生が多く来るだろうが、新型コロナウイルスは、換気の悪い建物内で、直接手が触れる書物などを通じて、接触感染が起こりやすい。これから少なくとも一か月間は休館した方が良いのでは」とメールして、二人から賛成を得た。

しかし、このウイルス騒ぎで三月一日、松山市内のスーパーでは、〝トイレットペーパー・テイッシュペーパーがなくなる〟（中国からの供給が途絶えるため）というデマに踊らされて（トイレットペーパー・テイッシュペーパーともに中国からはほとんど輸入されていない）、買い占め騒ぎが起こるなど、社会情勢に関しては全く先の見通せない状況になりつつある。

パンデミックと言えば、十四世紀ヨーロッパで流行したペスト（黒死病）が有名である。ペストにより、当時のヨーロッパの総人口の三分の一（二、五〇〇〜三、〇〇〇万人）が死亡したと言われる。日本に影響したパンデミックとしては一九一八〜一九一九年のスペイン風邪（インフルエンザ）がある。当時の日本の総人口約五五〇〇万人のうち、約三九万人（一・一％）が死亡したということだ。今回の感染症が、そのような大きな被害には至らず、早期の終息を願うのみである。

ＷＥＢ会議

新型コロナウイルス感染拡大防止のため、三月二十五日（水）十〜十二時、東京で開催予定だった環境省・瀬戸内海環境保全小委員会が、同日・同時刻のＷＥＢ会議に変更された。

そこでまず環境省から「手持ちのパソコンにカメラ・マイク機能が着いているかどうか確認するよう」依頼のメールが来た。私の手持ちのノートパソコンは安物で、どちらの機能も付いていないので、愛媛大学のＭ君の研究室に出かけていき、彼の上等のノートパソコンを貸してもらうことで、この件はクリアした。

次いで環境省から会議用のアプリが送られてきて、三月十七日（火）十五〜十七時にテストすることになった。その時刻にアプリを立ち上げると、私の顔と環境省の担当者の顔がパソコンの画面上に映り、まずは一安心。次に担当者から「発言する場合は、（一）画面右上の発言ボタンを押し、委員長から指名されれば、（二）左側の音声ボタンを押して、発言して下さい」という指示が来たので、その通りマウスを操作すると、問題なく発言できて、パソコンを通して私の声が聞こえてきた。この日のテストはこれだけで、わずか五分で終了し、三月二十五日の本番を待つだけとなった。

三月二十四日にまた環境省からメールが来て、三月二十五日は九時五十分までにメールを接続して、ソフトを立ち上げ、会議に参加するという意思表示をするよう指示があったので、三月二十五日九時五十分には机上のノートパソコンを開き、スタンバイした。会議は予定通り十時に始まった。最初に事務局から「今日の会議は委員二十三名中十三名が出席していて、過半数（ぎりぎり）なので、委員会として成立しています」という挨拶があった。通常の東京での委員会の出席率はもっと良いので、これは意外だった。各家庭のパソコン能力が私と同じようにやや低くて、家庭から参加できない委員も少なくなかったことが影響しているかもしれない。委員の中には、私のように退職して家庭がベースの人もかなりいるし、環境ＮＰＯに関連した主婦の人も居る。

瀬戸内海の環境保全政策の今後五年間の方針を決める最終的な会議だったので、事務局から最終案が提示され、数人の委員からいくつかの加筆・訂正案が提案され、若干の議論の後、原案は基本的に承認された。各委員の発言は映像も音声も問題なかったが、環境省の会議室の参加者はマスクを着用しているため、書類などを見ながら話すとマスク越しでマイクロフォンから少し離れ、音声が不明瞭になり聞き取りにくかった。会議は、全体的にはスムーズに進行し、予定より三十分速い、十一時三十分にＷＥＢ会議は終了した。

新型コロナウイルス対策として大手企業中心に行われている〝テレワーク〟というのはこのような会議ソフトを使っているのだろうが、直接会って行う会議とは相当雰囲気が違うなと感じた。

パンデミック

ＷＨＯ（World Health Organization：世界保健機関）は三月十一日（水）、今回

の新型コロナウイルス流行がパンデミックであるとの認識を示した。私にとって、初体験で、おそらく生涯二度と経験しないであろう出来事である。

三月二十日（春分の日）現在、イタリアの死者数は三、四〇〇名を超え（感染者数約三五、〇〇〇名）、感染者数増加が止まった中国（感染者数約八〇、〇〇〇名）の死者数三、三〇〇名余りを超えて、世界最多となった。フランスの感染者数約三〇、〇〇〇名、ドイツの感染者数約二〇、〇〇〇名、アメリカの感染者数約四、〇〇〇名（その後急増し、三月二十三日には三二、〇〇〇名となった）と、パンデミックの中心は中国からヨーロッパに移った。ちなみに三月二十三日時点の全世界の感染者数は約二〇八、〇〇〇名、死者数約八、七〇〇名である。一方、日本の感染者数は九五〇名、死者数は三十三名で、かろうじて大流行前で、踏みとどまっている。

イタリア・フランス・イギリスでは全国に外出禁止令が出され、アメリカでは海外渡航禁止令と、海外滞在者には帰国命令が出ている。

十四世紀にヨーロッパで起こったペストが、一九四〇年代のフランスで起こったと想定した、カミュの『ペスト』（一九四七年出版）では、当時フランス領だったアルジェリアのアランにおけるペストの発生・蔓延・都市の封鎖・人々の混乱・突然の終焉・・・の過程が詳しく描かれている。カミュはペスト蔓延という、不条理な世界（自分の意思や努力ではどうにもならない世界）を描きたかったのだ。同じ不条理がテーマのカミュの小説『異邦人』（一九四二年出版）の主人公、感情のないムルソーとは異なり、感情豊かな医師リウーがペストに立ち向かう人情味ある主人公として『ペスト』では丁寧に描かれている。とても同じ作者の書いた小説とは思えないほどだ。

また、一六六五年ペストの流行したロンドンの悲惨な毎日が臼田昭『ピープス氏の秘められた日記―一七世紀イギリス紳士の生活―』（岩波新書）に日記として綴られている。人口約五十万人の当時のロンドンで約七万人の死者をだしたこの時の騒ぎの発端＝ペスト感染開始の二月から、感染者の家の扉には赤い十字が貼られ実質的な隔離状態になったこと、人々が馬車に全財産を積み込みロンドンから脱出する様子、街から人の姿が消え死者を悼む弔鐘の音だけが鳴り響く様子、自分もペストで死ぬかもしれないという恐怖、十一月下旬ようやく感染が下火になり街中の商店が再開されていく様子、がピープス氏の目を通して詳細に語られている。

新型コロナウイルスは老人の重症化する率が高いと言われているので、感染したら命が危ないだろうなという危機感は私にも少しある。しかし、七十歳を過ぎた今、仮にそうなって死んでもそれほど悔いはない。生まれて初めて出会ったこの騒動で、見ること、聞くこと、感じること、考えること、発見すること、をとにかく日記に書いていこうと思う。

三月二十二日（日）は、大相撲春場所が、コロナウイルス感染防止のための無観客という初めての試みの中、白鳳と鶴竜が二敗同士で千秋楽結びの一番で相星決戦を行い、白鳳が勝って、無事終了した。観客のいない大阪府立体育館の土俵で力士・行司・呼び出し・審査役だけで行われる大相撲をテレビで見るというのも初体験だったが、十五日間でかなり慣れた。観客の熱烈な声援がない、全くの静寂の中、力士同士の息使い・肉のぶつかる音・足の擦れる音が、アナンサーの実況に交じって聞こえてくるだけである。しかし、ＮＨＫへの投書の紹介を聞いていると、ちょうど学校が休みになっていたので、地方の相撲好きの子供達にはこの無観客相撲は好評だったようだ。

三月二十日は、アテネから空路、宮城県の航空自衛隊松島基地へ聖火が到着した。しかし、日本のオリンピック組織委員会は三月二十四日、トーチを持った国内聖火リレーの中止を決めた。さらに三月二十五日には後述する安倍・バッハ電話会談の結果を受けて、国内での聖火リレー全体の中止を決めた。

日本時間の三月二十三日（月）、ＩＯＣ（International Olympic Committee：国際オリンピック委員会）のバッハ会長は「東京オリンピック・パラリンピックの延期に向けた検討に入る」と語り、五日前の「二〇二〇東京オリンピックの中止や延期はありえない」という前言を翻した。陸上・水泳など各種国際競技団体・各国オリンピック委員会などの「オリンピック参加選手の健康が保証できない」、「オリンピック参加選手を決めるための最終予選が、未だ開催出来ていない」、「選手が十分な練習ができない」・・・・などの意見を考慮したためだと思われる。このバッハ発言を受けて、安倍首相が動き、三月二十四日夜、安倍・バッハ電話会談が開催され、二〇二〇東京オリンピック・パラリンピックの約一年延期が決定された。

過去、夏季オリンピックが世界大戦で中止になったことはあるが（一九一六：ベルリン、一九四〇：東京、一九四四：ロンドン）、延期になったことはない。延期となると、四十以上の会場の再予約、約八万人の運営ボランテイアの再確保、販売済みのチケットの処理、その後の再準備・・・等、気の遠くなるような困難な作業が待っている。

三月二十五日（水）、この日初めて新たな感染者が四十名を越えた東京都の小池知事は、都民に夜間と週末（二十八、二十九日）の不要不急の外出を控えるように要請した。これを受けて翌三月二十六日には埼玉県知事と神奈川県知事が同様な外出禁止依頼を行った。さらに三月二十六日は経済的悪影響を懸念した東京株式市場が、午前中一時九〇〇〇円以上値を下げた。そして、三月二十六日、新たな感染者数が二日続けて四十名を超えた東京都知事は神奈川・埼玉・千葉・山梨の四知事に依頼して、夜にテレビ会談を行い、東京の都市閉鎖（ロックダウン）を回避するため、週末に周辺自治体から東京に出かけることを自粛し、今後ウイルス感染防止に連携してあたることを要請した。また、三月二十七日には愛知県知事が県民に不要不急の用事で週末に東京への往来をさけるよう要請した。そして、新たな感染者数が二十名を越えた大阪府も知事が府民に週末の不要不急の外出自粛を要請した。

さらに、東京は三月二十七日、三日間連続で新たな感染者数が四十名を越え、オーバーシュート（感染爆発）の可能性が高くなったので、満開が近づいた上野公園内の桜通りを通行禁止にした。

一方、三月二十五日に外務省はすべての外国への不要不急の海外渡航を控えるように国民に要請した。このような要請は日本では初めてのことである。

三月二十七日には世界全体の感染者数が五十万人を越えた（日本の感染者数は約一、四〇〇名）。そして、アメリカの感染者数は八五、〇〇〇人以上となり、中国の八二、〇〇〇人を越えて世界最多となった。パンデミックの中心はヨーロッパからアメリカに移りそうである。

カミュの「ペスト」は四月に感染が始まり、翌年二月に終息している。中国の湖北省武漢では、昨年十二月の最初の感染者発生・一月の感染者急増以来、三月末には新たな感染者数増加が〇の日が続いていて、問題発生から約四か月でなんとか終息しそうな雰囲気である。日本も二月四日の大型クルーズ船横浜寄港以来四か月の五月末位で、この新型コロナ騒動が終息してくれれば良いのだが。

退職後一年

退職して一年が経過した。心配していた、何もすることがなくて困った日は、この一年間なかった。

土・日・月曜日午後一〜五時は〝くらら〟に登館し、火曜日十〜十二時は愛媛大学のゼミに出かけた。平均して、月一回は（NPO）瀬戸内海研究会議の打ち合わせで神戸に出かけ、二か月に一回は環境省の瀬戸内海環境保全小委員会出席のために上京し、月一回は教え子が社長をしている海洋環境コンサルタントの相談事に応じるために、東京に出かけた。さらに、年数回は、博多湾環境監視委員会出席のために福岡市に、海砂採取影響委員会出席のため長崎市に出かけた。加えて、計三回の国際・国内シンポジウムでは、依頼されて講演を行った。

また、頼まれた原稿を書き、頼まれた査読をこなした。何もない時は、読書・散歩を楽しんだ。これから数年間、集中的に勉強する研究課題「日本人の自然観の変遷」も見つかった。この課題に関連した文献や論文を読んで、考え、今後の里海の普及に貢献するような論文を書かなければいけない。

なんとか無事一年間を過ごせて一安心である。今年も周囲の田園・畑・山・里・海の風景は昨年と同じように変化していくだろう。それに対して、私は昨年と同じような感じ方をするのか。異なった感じ方をするのか、循環する時の流れの中で、老いていく自分の感覚の変化を知ることが楽しみである。

この調子なら、これから数年間はこのペースでやれるのではないかという気がしている。健康にだけは気をつけよう。

柳　哲雄（やなぎ　てつお）
1948年山口県徳山市生まれ
京都大学理学部卒業
愛媛大学工学部助手・講師・助教授・教授を経て
九州大学応用力学研究所教授・所長を経て2013年退職
主な著書
「潮汐・潮流の話—科学者になりたい少年少女のためにー」
（創風社出版）
「沿岸海洋学—海の中でものはどう動くかー」（恒星社厚生閣）
「風景の変遷—瀬戸内海—」（創風社出版）
「里海論」（恒星社厚生閣）
「里海管理論」（編著）（農林統計協会）
「Integrated Coastal Management in the Japanese Satoumi」
(ed.)（ELSEVIER）

連絡先：〒791-8026 松山市山西772-9
tyanagi@riam.kyushu-u.ac.jp

退職老人日記

2020年10月10日　発行　定価＊本体1000円＋税

著　者　柳　哲雄
発行者　大早　友章
発行所　創風社出版
〒791-8068 愛媛県松山市みどりヶ丘９－８
TEL.089-953-3153 FAX.089-953-3103
振替01630-7-14660 http://www.soufusha.jp/
印刷　クボタ印刷株式会社

 ISBN 978-4-86037-298-9

郵便はがき

恐縮ですが
切手を貼って
お出し下さい

791-8068

愛媛県松山市
みどりヶ丘9－8

創風社出版　行

●今回お買い上げいただいた本の書名をご記入下さい。

書名

お買い上げ書店名	
（ふりがな） お名前	（男・女） （　　歳）　印
ご住所	〒 （TEL　　　　FAX　　　　） （E-mail　　　　）

※この愛読者カードは今後の企画の参考にさせていただきたいと考えていますので、裏面の書籍注文の有無に関係なくご記入の上ご投函下されば幸いです。

◎本書についてのご感想をおきかせ下さい。

創風社出版発行図書　購読申込書

下記の図書の購入を申し込みます

書　　　　　名	定　価	冊　数

ご注文方法

☆小社の書籍は「地方・小出版流通センター」もしくは「愛媛県教科図書株式会社」扱いにて書店にお申込み下さい。
☆直接創風社出版までお申込み下さる場合は、このはがきにご注文者を明記し、ご捺印の上、お申込み下さい。送料無料にて五日前後で、お客様のお手元にお届け致します。代金は、本と一緒にお送りする郵便振替用紙により、もよりの郵便局からご入金下さい。